千羽鹤

[日] 川端康成 著

后浪 插图版

竺祖慈 译

四川人民出版社

目录

千羽鹤

- 千羽鹤   3
- 林中夕阳   38
- 志野彩陶   63
- 母亲的口红   84
- 双星   111

波千鸟

- 波千鸟   149
- 旅中的告别   177
- 新家庭   217

《千羽鹤》及其续篇——代译后记   239

千羽鶴

千羽鹤

一

进了镰仓圆觉寺寺院后，菊治还在为是否去茶会而犹豫。他已经迟到了。

圆觉寺的茶室内每有栗本近子的茶会，菊治都会收到邀请，但自父亲死后，他一次都没来过。他认为这不过是栗本近子对于父亲所尽的情分而已，所以并不放在心上。

不过，这次的邀请函中特地另附了一笔，说希望他见见新来的一个女弟子。

读到这句话，菊治想起了近子的痣斑。

大概是菊治八九岁的时候，他随父亲去近子的家，看到她在起居室敞着胸用小剪刀剪痣上的毛。痣斑覆盖了左边半个乳房，并朝心窝处延展，面积如手掌般大小。紫黑色的痣斑上大概是长了毛，所以近子用剪刀在剪。

"哎呀，少爷也一起来了呀？"

近子一惊，想要合拢衣襟，似乎又觉得慌忙遮盖反倒失态，便先略略转过身去，然后缓缓地把衣襟收进和服腰带间。

她在意的似乎并非菊治父亲，而是菊治。因为先有女佣到门口接应，所以近子理应知道菊治的父亲过来了。

父亲没进起居室，而是坐在旁边的房间，那是一间兼作茶道教室的会客间。

父亲望着壁龛上的挂轴，心不在焉地说：

"来杯茶吧。"

"好的。"

近子嘴上应着，却没立刻起身过来。

菊治看到近子膝上的报纸上有散落着的体毛，就像男人的胡须。

虽是正午时分，天花板里却有老鼠的骚动声。屋檐近处开着桃花。

近子在炉旁坐下后泡着茶，有点心不在焉。

又过了十来天，菊治听母亲告诉父亲，近子因为胸口有痣而不结婚。母亲说这话时像是在披露一个惊人的消息，应是觉得父亲并不知道此事。母亲好像同情着近子，显出一副为她难受的表情。

"嗯，嗯。"父亲半带惊讶地随声附和，却又说，"不过，即使被丈夫看到也没什么关系吧。娶她时就应该是知道的。"

"我也是这么对她说的。可毕竟是女人身上的事，总不能明着说自己胸口长着颗大痣吧。"

"又不是什么小姑娘了。"

"毕竟还是难以启齿。其实作为男人，婚后即使知道了，或许也就一笑了之罢了。"

"那她让你看了那痣吗？"

"怎么会呢？亏您说得出这话。"

"只是告诉了你吗？"

"今天来教课时聊了不少……聊着聊着就不想瞒着了。"

父亲不吱声了。

"就算是结了婚，男人又会怎样呢？"

"心里会不自在吧。不过呢，说不定这种秘密也会成为乐趣，成为一种魅惑呢。短处或许也有可取之处。其实那也不算什么大问题。"

"我也安慰她说不成大问题，可是她却觉得痣斑长在乳房上……"

"嗯。"

"若想到有了孩子后喂奶的情景，那大概是最难堪的。即使丈夫无所谓，也得为孩子着想呀。"

"有了痣就出不来奶吗？"

"倒也不是……她说不愿让吃奶的婴儿看到。我虽也没想那么多，但她作为当事人就会把各种情况都考虑到。孩子一生下来就要吃奶，睁眼第一天就会看到母亲乳房上有个丑陋的痣斑，这个世界给他的第一印象、母亲给他的第一印象就是乳房上丑陋的痣斑，这种印象会深刻地纠缠孩子一生吧。"

"嗯。不过想得过多也太累了。"

"既然如此，不如喂牛奶较好，或者雇用奶妈。"

"即使有痣斑，只要有奶可喂还是好的。"

"可还是不行。我听了那些话眼泪都出来了，觉得确是那么回事。我也不会愿意让咱家菊治在长了痣斑的乳房上吃奶的。"

"是啊。"

菊治因父亲的佯装不知而感到义愤。他也见过近子的痣斑，父亲却无视他的存在，这让他憎恶。

可是，时隔近二十年后，菊治如今想到当时父亲大概也是处于尴尬之中，便不由得苦笑起来。

而且，菊治过了十岁以后常会想起当年母亲的话，并为自己可能会有吃过痣斑奶的隔山弟弟或妹妹而担忧害怕。

他不仅是怕生出个不相干的弟妹，而且怕那个孩子本身。一个在长着大痣斑的乳房上吃过奶的孩子，简直让菊治觉得具有某种恶魔般的可怕之处。

幸而近子好像没生过孩子。朝坏里想，也许是父亲不让她生，为了让她自己也不想生，于是便把菊治母亲因近子的痣斑和孩子的事而流泪的情况作为口实灌输给近子。总之，无论父亲的生前或死后，都不曾有近子的孩子出现过。

近子在菊治随父亲一起看到自己的痣斑后不久，就向菊治母亲坦承痣斑的事情，为的就是抢在菊治告诉母亲之前先说出来吧。

近子一直不曾结婚，难道就是那块痣斑支配了她的一生？

然而，那痣斑留给菊治的印象也不曾消失，冥冥中与他的命运牵连。

当近子以茶会为由让菊治见一位姑娘时，那痣斑也浮现在菊治眼前。菊治突然觉得，既然是这位近子介绍的，还会是一位纯净无疵、冰清玉洁的姑娘吗？

父亲会不会时不时用手指去捏捏近子胸口的痣斑？父亲或许甚至会用牙去咬它呢——菊治还曾有过这样的妄念。

眼下走在寺庙周围山林小鸟的啼啭声中，这种妄念又掠过他的脑中。

可是，自菊治见过那痣斑两三年后，近子在不知不觉间变得男性化，如今已完全成为中性人了。

她在今天的茶会上大概仍会做出一副活泼开朗的样子，但那有痣斑的乳房也许已渐干瘪了吧。想到这，菊治正要哑然失笑，两位小姐从后面匆匆赶了上来。

菊治站定给她们让路，并问：

"栗本女士的茶会在这条路的那头吗？"

"是的。"两位小姐同时回答。

这事不问也能知道，仅从小姐的和服就可知道这路通往茶室。菊治问这话是为了让自己坚定去茶会的念头。

那位拿着桃色绉绸包袱的姑娘很漂亮,包袱布上印着白色的千羽鹤[1]。

---

[1] 千羽鹤,用线把许多纸折仙鹤串接起来,以祈求实现愿望。也常被用作纺织品上的图案。

二

　　两位小姐进茶室前换短布袜时，菊治也到了。

　　从小姐背后往里面看，茶室大概八铺席面积，挤挤挨挨坐着的人都穿着华丽的和服。

　　近子一眼就看到菊治，立刻起身过来。

　　"啊，请。稀客。欢迎欢迎。就从那边上来吧，没关系的。"

　　说着，指了指靠近壁龛的拉门。

　　屋里的女人们一起回头来望，弄得菊治面红耳赤。他说：

　　"都是女宾吗？"

　　"是的。先前也有男宾来着，已经回去了，您成万绿丛中一点红了。"

　　"我可算不上'红'哟。"

　　"菊治先生是有资格'红'一下的。没问题。"

　　菊治轻轻地摆了摆手，示意要从对面的门绕进去。

　　那位小姐把来时穿的短布袜收进千羽鹤图案的包袱里，礼貌有加地站着让菊治先进去。

　　菊治进了旁边的房间，这里有点凌乱地放着水果箱、搬来的装茶器的箱子以及客人随身带来的东西，女佣在里面的水池洗东西。

　　近子一进来就跪坐在菊治面前说：

"怎么样,姑娘不错吧?"

"拿千羽鹤包袱布的那位吗?"

"包袱布?我不知道什么包袱布。我说的是刚才站在那里的那位比较漂亮的姑娘,稻村家的小姐。"

菊治不置可否地点点头。

"您居然连包袱布都注意到了,真不能小看您了。我本来以为你们是一起来的,正在奇怪您面面俱到呢。"

"你说啥呢。"

"能在路上遇到,这就是缘分呀。令尊也认识稻村家的。"

"是吗?"

"她家是横滨的生丝商。今天的安排我没对她说,您可以放心地好好观察了。"

近子的声音不小,菊治正担心会传到只隔着一道纸门的茶席时,近子突然凑近脸来。

"可是有个情况不大好办。"她压低声音,"太田家夫人来了,女儿也一起来了。"

近子一边说着一边看着菊治的脸色:"我今天当然不会叫她们来的,可是这种场合,谁路过都可以参加的,刚才甚至有两拨美国人路过进来了呢。抱歉抱歉,竟让太田夫人听说了,我也没办法。不过,您的事她当然是不知道的。"

"我今天也……"

菊治本想说自己并不是要来相亲的，却没说出口，只觉得嗓子也僵住了。

"应该是太田夫人觉得不好意思，您只管泰然处之。"

近子这话让菊治恼火。

栗本近子与菊治父亲的交往不深，时间也不长。父亲在世时，近子一直出入他家，不限于茶会场合，平时来客时也会来厨房帮忙，像是一个随时可以差用的女人。

近子已经男性化，母亲的嫉妒之类似乎也就变得滑稽，令人苦笑了。母亲后来定也意识到父亲见过近子的痣斑，但时过境迁，近子再站在母亲身后时已是一副将那事置之脑后的轻松表情。

菊治不知不觉间也就轻待了近子，在任性顶撞她的过程中，幼时那种令人窒息的厌恶感反似淡薄了。

近子的男性化及其成为菊治家随意使唤的劳力，或许也是近子式的生存方式吧。

近子靠着菊治家成了一位小有成就的茶道师匠。

也许仅因与菊治父亲之间的一段脆弱关系，近子就不得不压抑了自己的女性本能——菊治在父亲死后每思及此，内心甚至会涌起一种淡淡的同情。

母亲之所以没对近子抱有太强的敌意，完全是受了太田夫人问题的牵制。

自从茶道上的同好太田死后，菊治父亲因受托处理他家的茶具而与其遗孀太田夫人接近。

最早把这消息通报母亲的人是近子。

近子自然是作为母亲的战友在发挥作用,而且几乎用力过猛。近子时而跟踪父亲,时而一次又一次地上门去向太田夫人提出强烈警告,让人觉得是她自己埋在地底的醋意在往外喷火。

内向的母亲反倒因忌惮外间的非议而被近子这种硝烟滚滚的多管闲事吓住了。

近子会当着菊治的面对母亲说太田夫人的坏话,母亲若表现出不快,近子就说让菊治听听也无碍。

"上次我上门去数落她的时候,被孩子偷听到了,隔壁房间好像传出了啜泣声。"

"是女孩子吗?"母亲眉间泛起了阴影。

"是的,说是十二岁了。太田夫人也有点傻,本以为她会去教训孩子,谁知却特地起身去把孩子抱来放在自己膝上,在我面前坐下,大概是要和这个儿童演员一起哭给我看吧。"

"孩子不是挺可怜的吗?"

"所以大概是把孩子当作责难我的工具了,因为母亲的事情孩子全都知道。那孩子圆圆的脸,倒是挺可爱的。"说着看了一下菊治,"咱菊治也该说说您父亲了。"

"你还是少传播些毒素吧。"母亲终于责备起近子。

"太太就是不该把毒素都吞到肚里去了,应该横下心把它吐出来。您变得这么瘦,那个人却养得珠圆玉润,以为自己可怜兮兮地哭一场就解决问题了,尽管她这想法是缺点心眼,可是……首先,她在接待您家老爷的客厅里堂而皇之地留着她已故丈夫的照片,您家老爷居然也能默许。"

被说成这样的太田夫人,居然在菊治父亲死后来参加近子的茶会,甚至还带着女儿。

菊治觉得仿佛被什么冰凉的东西击中了。

就算像近子说的那样,今天并未邀请太田夫人,菊治却也没想到她俩会在父亲死后有了交往,甚至太田夫人的女儿或许在跟近子学茶道呢。

"您若觉得不便,我让太田先回去吧。"近子看着菊治的眼睛说。

"我无所谓。她们若想回去,那也请便。"

"她要是那么懂事,您父母也就不必烦心了。"

"但她带着女儿吧?"

菊治没见过太田遗孀的女儿。

菊治不愿在与太田夫人同席的情况下与那位带着千羽鹤包袱布的小姐见面,更不愿在这里与太田的女儿初会。

可是,耳边近子的絮叨又让菊治烦躁。

"反正她也知道我来了,躲也躲不掉的。"

说着,他起身从靠近壁龛的那扇门进了茶室,在近门处的上席坐下。

近子从后面跟来,郑重地介绍菊治道:

"这位是三谷少爷,三谷老爷家的公子。"

跟着她的话,菊治重又向大家鞠躬致意,抬起脸时便清楚地看到众位小姐。

菊治似乎有点紧张,满目都是和服的五颜六色,一时难以分清谁是谁。

再仔细看过去,菊治发现太田夫人就在正对面处。

夫人"啊"的一声,让举座都有一种既自然又亲切的感觉。她接着又说:

"好久没见了,一直没去问候您。"

说着,轻轻地拉了一下身边女儿的袖口,示意她快打招呼。女孩好像有点不知所措,红着脸低头致礼。

菊治实在意外。夫人的态度中丝毫不见敌意,反倒带着某种亲切,似乎在为这次邂逅而惊喜,让人觉得她全然忘了自己在在座众人眼中的处境。

她女儿一直默默地低着头。

夫人发现此状,脸也变得绯红,看着菊治,那眼神似是表示想来到菊治身边。她说:

"您还在行茶道吗?"

"不,我从来没有……"

"是吗?不过您可是茶道世家出身呢。"

夫人好像动了感情,眼中带了泪意。

菊治自父亲的告别式后没见过太田家的遗孀。

她与四年前相比几乎没有变化。

那白皙细长的脖颈以及与脖颈不相称的圆肩都让她的体形显得比实际年龄年轻。与眼睛相比，鼻子和嘴都显得较小，那小小的鼻子细看之下别有风味，像是带着笑意。嘴在说话时有点"地包天"的样子。

她女儿也是长颈圆肩，应是随了母亲，嘴则比母亲的大，而且紧紧抿着。奇怪的是母亲的嘴唇居然比女儿的还小。

女儿的黑眼珠大而亮，含着一种哀怨。

近子看了一下炉中的炭，说道：

"稻村小姐，麻烦您给三谷少爷沏杯茶好吗？您还没有实际操作过茶道礼法吧？"

"是。"那位拿千羽鹤包袱布的姑娘起身过来。

菊治明知稻村小姐坐在太田夫人旁边，却在看过太田母女后有意不把目光朝向她。

近子让稻村小姐沏茶，大概是要让菊治看看她。

稻村小姐在锅前回头问近子：

"茶碗呢？"

"哦，对了，就用那个织部陶[1]的吧。"近子说，"那是三谷少爷的父亲爱用的茶碗，是他送给我的。"

菊治也见过放在稻村小姐面前的那个茶碗，肯定是父

---

[1] 织部陶，日本尾张、美浓地区从安土桃山时代开始烧制的陶瓷，装饰性强，技法、形状和图案都多种多样，作为茶陶而著称。据说起源于精通茶道的古田织部的构思。

亲曾经用过的，但那是太田遗孀转让给他的。

亡夫的生前爱物由菊治父亲交到了近子手中，又在这个场合以这样的形式出现，这让太田夫人情何以堪？

菊治惊讶于近子的没心没肺。

要论没心没肺，太田夫人也是毫不逊色的。

在中年妇女过往岁月的杂乱纠葛中，这位以清净之心沏茶的姑娘给了菊治美感。

三

近子要让菊治看看带千羽鹤包袱布的姑娘,而姑娘本人也许并不知道这个打算。

她毫不怯场,沏好茶亲自端到菊治面前。

菊治喝茶时看了一眼茶碗,黑色织部陶茶碗正面的白釉处画着嫩蕨菜,图案的颜色也是黑色的。

"您记得这碗吧?"近子在对面问。

"嗯……"

菊治含糊其词地应了一声,搁下了茶碗。

"这蕨菜芽透着一种山里的感觉,是适合早春用的茶碗,令尊大人也用过的。现在拿出来虽晚了点,给菊治少爷用倒还正合适。"

"不,对这个茶碗来说,家父是否用过并不重要。这茶碗是传自利休[1]的桃山时代[2]吧?几百年间由那么多茶人将它珍重地传了下来,家父又算得了什么。"

菊治说这话是希望忘了这茶碗的因缘。

这碗由太田传给他的夫人,又由太田夫人给了菊治父亲,父亲传给近子。如今太田和菊治父亲这两个男人已死,两个女人却在这里,就凭这一点,这茶碗的命运就够

---

[1] 千利休(1522—1591),日本安土桃山时代的著名茶人,千家流茶道的创始人。
[2] 桃山时代(1568—1603),织田信长与丰臣秀吉完成日本全国统一的时期。

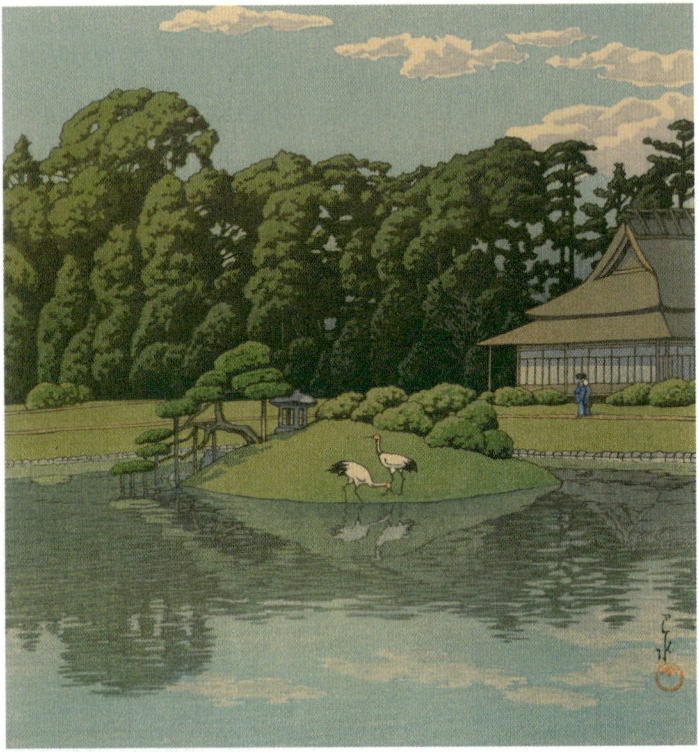

奇特。

这旧碗今天在这里又被太田的遗孀和女儿，还有近子、稻村小姐以及别的小姐用唇触碰，用手抚弄。

"我也想用这碗喝一下，刚才是用其他碗喝的。"

太田夫人这话有点突兀。

菊治又是一惊，不知她是缺心眼还是厚脸皮。

太田小姐低头不语，菊治看着心中不忍。

稻村小姐再为太田夫人沏茶。虽被举座注目，她却只顾照着所学程式去做，或许是并不知晓这个黑织部茶碗的因缘。

她的手法朴实而无个人的习惯动作，从胸到膝姿态端正，气质品位处处可见。

嫩叶的影子投在她身后的纸门上，让人觉得在华丽的长袖和服的肩与袖上形成了一种柔和的反射，也给她的头发增添了光泽。

作为茶室来说，这一切无疑显得过于明亮，但也让小姐显得青春焕发，就连带着女孩味的红色袱纱[1]，给人的感觉也不再是娇甜，而是一种水灵。她的手中像是开出一朵红花，而身旁则像是有着小小的白色千羽鹤在围着她起舞。

太田夫人把织部茶碗拿在手中说：

---

[1] 袱纱，茶道中擦拭茶碗或接茶碗时托底的小方绸巾。

"绿茶在这黑碗中,像是萌生了一片春的绿意呢。"

她毕竟不好说出这碗曾经是她亡夫所有。

然后就进入欣赏茶具的程序。女孩子们对茶具之类的情况了解甚少,基本上就听近子的介绍了。

茶具中的水罐和茶勺其实都是菊治父亲的东西,但近子和菊治都避而不提。

菊治坐着目送女孩子们离开,太田夫人凑近来说:

"先前有所失礼,我想您大概生我气了,但我一见到您,首先涌起的就是念旧之情。"

"哦。"

"您真的长成人才了。"夫人的眼中似有泪花泛起,"哦,对了,您母亲也……我本应去参加葬仪的,结果还是没能去。"

菊治显出不悦的表情。

"您父母相继……您挺寂寞吧?"

"哦。"

"您还不回去吗?"

"嗯,再等一会儿。"

"改天有很多话想跟您谈谈……"

近子在邻室叫道:

"菊治少爷!"

太田夫人恋恋不舍地站起身来,她的女儿在院子里等着。

母女俩一起向菊治点头告别,女儿的眼神似在诉说着什么。

邻室中,近子与两三位亲近的弟子以及女佣一起在收拾东西。

"太田夫人说了些什么?"

"没有……没说啥。"

"对她您可得小心点,她外表老实,从来都是一副无辜的样子,其实常常不知在想什么呢。"

"可是,她常来你的茶会吧?从什么时候开始的?"

菊治语带挖苦。

他往门口走去,像是要避开这里的怨恶之气。

近子跟了上来。

"怎么样?那姑娘不错吧?"

"姑娘是挺好,不过,若能在没有你和太田夫人,也没有我父亲亡灵纠缠的地方见到她,那就更好了。"

"您就那么敏感吗?太田夫人跟那位小姐啥关系都没有呀。"

"我只是觉得对那位小姐不合适。"

"有什么不合适的?您若因太田夫人来而不高兴,我可以道歉,但今天我没叫她来。稻村小姐的事情,还请您再做考虑。"

"我今天还是就此告辞了吧。"

说着,菊治停下了脚步。他若边走边说,近子会一直跟着的。

剩下菊治一人时，已可看到眼前山麓间的杜鹃含苞欲放。他深深地吸了口气。

他因被近子的信召来而感自憎，但那位带千羽鹤包袱布的姑娘却还是给他留下了鲜明的印象。

在同一个场合见到父亲的两个女人，却并未留给他特别的郁闷，这也许是拜那位小姐所赐。

不过，想到这两个活着的女人尚在谈论自己的父亲，而自己的母亲却已不在人世，菊治心中涌起一种莫名之愤，眼前浮现出近子胸口丑陋的痣斑。

虽有晚风透过嫩叶传来，菊治还是脱下帽子款款而行。

他远远地看见太田夫人正站在山门的背阴处。

一时间菊治想绕道而行，便打量了一下周围。若取道左右两边的小山，好像可以不用经过山门处。

可是，菊治却朝着山门方向走去。他的面部肌肉似乎有点僵硬。

太田夫人发现菊治，迎面向他走近，红着脸说：

"还想见您一次，便等在这里了。您也许觉得我厚颜，但我实在不愿就那样跟您告别……而且这次分手，不知何时才能再见了。"

"你女儿呢？"

"文子先回去了，有同伴和她一起。"

"那她知道你是在等我吗？"

菊治问道。

"嗯。"

夫人回答,看着菊治的脸。

"那么,她不会不高兴吗?先前在茶会上,她好像就不想见我,挺难为她的。"

菊治的话既露骨又婉曲,夫人倒是挺直接。

"那孩子想必是不愿见您的。"

"是因为我父亲挺折磨她的吧?"

菊治的言外之意是自己也受着太田夫人的折磨。

"不是那么回事,文子挺受您父亲疼爱的。这些事等有机会我会慢慢跟您说。开始时那孩子虽受您父亲善待,她却一点也不跟您父亲亲近,可是临到战争结束,空袭变得严重之后,不知她有了什么感觉,态度完全变了,对您父亲也会以她的方式尽一份心意。说是尽心意,毕竟是个孩子,也就是出去买点鸡和下酒菜回来给您父亲吃吧,不过也有很危险的时候,她是拼了命地在空袭中从老远的地方背米回来……见她突然变好,您父亲也挺惊讶。看到女儿的变化,我既难过又心疼,更加有了一种自责感。"

菊治此时才想到母亲和自己是不是都受过太田女儿的恩惠呢?那时,父亲偶尔会带回一些令人意外的土产,难道那也是太田女儿出去买的?

"我也不太清楚女儿为什么会突然变了,也许是因为每天都想到自己可能会死吧。她一定觉得我怪可怜的,也就顾不得自己的生死来孝敬您父亲了。"

在那场战争的败局中，女儿大概是眼见母亲把自己对菊治父亲的爱作为最后的依靠，日常的现实如此严酷，所以舍弃了自己亡父的过去而面对母亲的现实了吧。

"刚才您留意到文子的指环了吗？"

"没有。"

"是您父亲给她的。您父亲在我们那里时，只要一拉警报，他就要回家去的，这时文子就会坚持要送您父亲，说担心路上也许会有啥事。有一次她送您父亲之后就没回来，要是被您府上留宿倒也不错，我却又担心两人会不会死在路上了。第二天早晨等到文子回来一问，才知道她一直送到您家门口，回来路上在哪里的防空洞里待了个通宵。事后您父亲来时谢了文子，并把指环给了她。她大概也是不好意思让您见到那指环吧。"

这番话催生了菊治的反感，奇怪的是太田夫人似乎理所当然地认为会引起他的同情。

可是，菊治倒也不至于对夫人产生明显的憎恶或戒心，夫人无形中具有某种让人松懈戒备的温情。

女儿的无所畏惧，大概也是出于对母亲的不忍。

夫人在谈女儿，菊治听来却像是在诉说自己的爱情。

夫人大概是要倾吐胸臆，但极端点说，她又似分不清对象是菊治的父亲还是菊治本人，倒像是带着满满的怀念之情，把菊治当作他父亲来倾吐。

之前菊治与母亲一起对太田夫人所持的那种敌意，虽说不至于已经消失，但也松懈了大半，稍不留意，甚至会感到被她所爱的父亲与自己附为一体，令他产生一种错觉，似乎自己与这女人从来就很亲近。

菊治知道，父亲与近子很快就分手了，而与这个女人的关系则一直持续到死，他觉得近子一定非常蔑视太田夫人。菊治也萌生一种略带残忍的念头，诱惑他觉得可以随意地教训一下夫人，便说：

"你常去参加栗本的茶会吧？从前不是挺受她欺负的吗？"

"是的。您父亲去世后，她来信给我。我想念您父亲，自己也觉得孤独，所以就……"

夫人说着垂下了头。

"女儿也一起去吗？"

"文子大概是很不情愿地跟来的。"

他俩跨过铁轨，经过北镰仓车站，朝着与圆觉寺相反方向的山走去。

四

太田夫人至少应该是四十五岁左右，比菊治年长近二十岁，却让菊治忘了年龄的差距，令他觉得似在抱着比他年轻的女人。

菊治定是在与夫人一起时享受了她的经验带来的欢愉，却又丝毫没有欠缺经验的独身者的那种畏葸感。

菊治觉得自己初次了解了女人，同时也了解了男人。他惊奇于自己的性觉醒：女人是如此温柔的接受者，在被动跟随的同时又主动诱导，那种温馨简直令人窒息。这些都是菊治此前不知道的。

独身的菊治在事后常常会有一种说不出的厌恶感，但在最应产生厌恶感的现在，他却只有一种依恋、安适的感觉。

以往这种时候，菊治总是忍不住想冷漠地离开，陶醉于女人的温馨依人，这好像还是第一次。他不知道女人的浪潮会如此紧随而来，现在让自己的肌肤休憩于这浪潮之中，菊治甚至有一种满足感，像是征服者一边打盹一边让奴隶洗脚。

对她还有一种母亲的感觉。菊治缩着脖颈说：

"栗本的这儿有一大块痣斑，你知道吗？"

菊治突然意识到自己说了不该说的话，但也许是因为精神还处于一种松弛的状态，也不觉得对近子有什么伤害。他伸出手说：

"长在乳房上，在这儿，就像这样……"

有一种东西在菊治的心中抬头，让他说出这些话。那是一种按捺不住的心情，令他想要对抗自己，伤害对方，或许只是为了掩饰自己想看那个地方而生的一种撒娇式的羞怯吧。

"讨厌。真恶心。"夫人说着，悄悄合上了衣襟，却仍像一时难以理解似的，悠悠地说，"我是第一次听说这种事，可是衣服里面的东西应该看不见吧？"

"不见得看不见。"

"啊，为什么呢？"

"要是在这里不就看见了吗？"

"啊呀，您真讨厌。您是以为我也有痣斑，所以在找吧？"

"不是。不过假如有的话，你在这种时候会有怎样的感觉呢？"

"是在这里吧？"夫人说着也看看自己的胸，"您为啥要问这话？这不是无所谓的事情吗？"

夫人答非所问。菊治发泄的邪毒好像对她毫无作用，却反侵他自身了。

"并非无所谓。我仅在八九岁时见过一次那痣，至今还历历在目。"

"怎么会呢？"

"连你也中过那痣的邪呢。栗本曾经摆出代表母亲和我的嘴脸,到你家里去狠狠数落过一番吧?"

夫人点点头,轻轻地抽回身子,菊治却在手上加了力,说:

"我想,那时她一定是时时意识到自己胸口的痣斑,因此越发使坏了。"

"哇!您的话真可怕。"

"或许多少还有点报复我父亲的意思。"

"报复什么?"

"可能她有一种怨恨,觉得是因为那痣斑而始终低人一等,因此才被抛弃的。"

"痣斑的话题就打住吧,净让人心里不舒服。"其实夫人好像并未要去想象那痣斑的样子,"栗本师傅如今也可不必再在生活中拘泥于痣斑之类的事情了吧,那已是过去的烦恼了。"

"烦恼过去了,就不会留下痕迹吗?"

"过去之后,有可能还会留恋呢。"

夫人说这话时,神态有点恍惚。

菊治终于说了自己最不愿意说出的话:

"先前在茶会上坐在你旁边的那姑娘……"

"欸,雪子,稻村家的小姐。"

"栗本叫我去,是想让我见见那位姑娘。"

"哇!"夫人瞪大眼睛直盯着菊治,"是相亲?我一点也没发现……"

"不是相亲。"

"原来如此,您这是刚相过亲呀……"一串泪线从她眼中流向枕头,肩膀在颤抖,"真不应该,真不应该!您为什么不告诉我呢?"

夫人埋首哭泣。

菊治倒没想到会这样。

"不管是不是刚相过亲,你若觉得不好,那就大概确实不好,可是那事跟这事没关系呀。"

菊治这么说,也完全是这么想的。

可是,菊治脑海中还是浮现出稻村小姐点茶的姿态,那桃色的千羽鹤包袱布也似在眼前。

如此一来,正在哭哭啼啼的夫人的身体就让他觉得丑恶了。

"啊,真不应该。我真是个罪孽深重的坏女人呀。"

夫人颤动着浑圆的肩膀。

对菊治来说,若有悔感,那定是因为觉得丑恶。相亲的事权且不论,太田夫人毕竟是父亲的女人。

可是,事到如今,菊治既不后悔,也不觉得丑恶。

菊治并不清楚自己与夫人为何会成了现在这样,一切都那么自然。以夫人刚才的话,似乎是在后悔自己诱惑了他,但或许夫人并无意诱惑菊治,菊治也没觉得受到诱惑,而且菊治在心理上并无任何抵抗,夫人也同样如此,两人之间可以说并不存在道德的阴影。

他俩进了一家位于圆觉寺相反方向的山丘上的旅馆,一起吃了晚饭,因为关于菊治父亲的话题还没谈完。菊治并非一定要听,而且洗耳恭听也有点滑稽,但夫人似乎并不这样考虑,只顾倾诉衷情,菊治听着听着就有了一种安适的好感,觉得被带进了一种温馨的爱情之中。

菊治觉得父亲似乎曾是幸福的。

要说不该,也许确实不该,他放过了摆脱夫人的机会,委身于一种甘美的精神松弛状态。

但是另一方面,也许因为心底潜藏着阴影,方才菊治说出了近子和稻村小姐的事,像是要把心中的怨毒一吐为快。

这样做的效果过了头,他一后悔便感到了丑恶。因为自己还想要对夫人说出更加残酷的话,一种自憎感在菊治心头油然而生。

"让我们都忘了吧,没啥事的。"夫人说,"这种事算不得什么。"

"你只是因为想起了我父亲而已?"

"啊呀……"

夫人惊讶地抬起头来,因为伏在枕上哭过,她的眼圈发红,眼白也有点浑浊。菊治从她张开的瞳眸中看到女人残存的倦意。

"您要这么说,我也没办法。我就是个可悲的女人。"

"骗人!"菊治粗暴地扯开了她的衣襟,"你要是有痣,我大概就不会忘记了,印象深刻……"

菊治为自己的话吃惊。

"不想让您这样看着,我已经不年轻了。"

菊治露出牙齿凑近她。

夫人刚刚的余韵又回潮了。

菊治安稳地睡了。

在似梦非梦中听到了小鸟的啁啾。菊治觉得自己还是第一次在鸟鸣声中醒来。

就像晨霭濡湿了绿树,菊治的头脑深处也似被一洗而净,没了任何杂念。

夫人昨晚睡时是背朝菊治的,不知什么时候又转过来了,菊治有点纳闷,支起一只手肘,出神地看着微光中夫人的脸。

五

茶会后的半个月左右，菊治接受了太田女儿的拜访。

让用人把她迎进客厅后，菊治为了平息心中的忐忑，亲自打开茶柜，把点心放在盘子里，却又无法判断她是独自来的，还是太田夫人因不好意思进菊治家门而等在门口，只有小姐进来了。

菊治打开客厅的门，姑娘立刻从椅子上站起，菊治只见她脸朝下，下唇包着上唇，紧紧地闭着。

"让你久等了。"

菊治走过姑娘身后，打开了面朝庭院的玻璃门。

经过姑娘身后时，菊治闻到花瓶中白牡丹的淡香。姑娘将浑圆的肩膀稍稍往前弯了弯。

"请坐。"

菊治说着，自己先在椅子上坐下，没想到反而镇定了下来，因为他在女儿那里看到了母亲的面影。

"贸然造访，实在是失礼了。"

姑娘低着头说。

"哪儿的话。幸好你认识这里。"

"嗯。"

菊治想起，这位姑娘在空袭时曾经把他父亲一直送到家门口。这是在圆觉寺时听夫人说的。

菊治想提这事，却最终没说出口，但他看着姑娘。

看着看着，当时太田夫人的温情又像温泉一样回涌。菊治想起夫人对他所做的一切给予的柔顺和宽容，于是便安心了。

由于此时的安然，菊治觉得自己对姑娘的戒备似也松懈了，但仍是无法与她正面相视。

"我……"姑娘欲言又止，然后抬起了头，"想为母亲的事提一个请求。"

菊治屏住呼吸。

"希望您能原谅我母亲。"

"啊？原谅？"菊治反问，同时意识到是夫人把自己的事对女儿明说了，"要说原谅，该是我请求原谅才对。"

"您父亲的事情，也要请您原谅。"

"说起父亲，不是他才该请求原谅吗？我母亲如今已经不在，又有谁去原谅他呢？"

"我总觉得，您父亲那么早去世，是不是也跟我母亲有关系，而且您母亲也……这话我对我母亲也说过。"

"你想多了，这对你母亲不公平。"

"我母亲应该先死的。"

姑娘似乎因羞耻而无地自容。

菊治觉察到姑娘是在说他与她母亲的事。那种事情会对她造成何等的羞辱和伤害呀。

"希望您原谅我母亲。"

姑娘的态度仍然坚决而恳切。

"不管原谅还是不原谅，我都该感谢你母亲。"

菊治语气干脆。

"我母亲不好。她是个很糟糕的人，请您别再理她了，不能再理她了。"姑娘语速急促，声音颤抖，"求求您了。"

菊治理解姑娘所说的"原谅"，也包含着不要再和她母亲来往的意思。

"也别再打电话了。"

说着说着，姑娘涨红了脸。也许是为了战胜这种羞耻，她反而抬头看着菊治，眼中蓄着泪水，那对黑眼珠特别大的眼睛张得大大的，没有丝毫恶意，而是充满了哀诉之情。

"我懂了。对不起。"

菊治说道。

"拜托您了。"姑娘羞色更浓，连白皙、细长的脖颈都被染红。她的衣襟上有个白色的装饰，像是用来将她细长的脖颈衬得更美。

"您来电话约我母亲，她却没有出来，那是被我阻止的。她坚决要出来，被我死死抱住动弹不得。"

姑娘此时情绪稍稍放松，声音也和缓了。

菊治用电话约太田夫人出来，是在上次见面三天之后。电话里夫人的声音显得挺开心，却终究没来相约的那家吃茶店。

只是那么一次电话，之后菊治没再见过夫人。

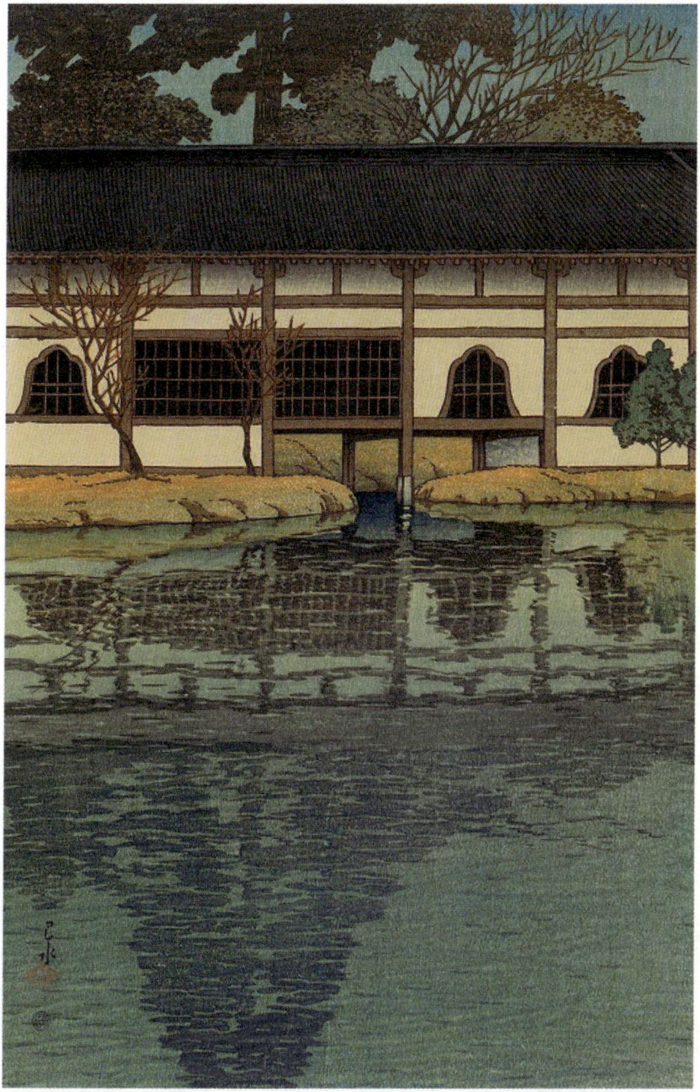

"事后我也觉得母亲挺可怜的,可是当时已经硬下心来拼命阻止她,于是母亲让我替她拒绝您,我也走到电话跟前了,却又说不出话来。母亲盯着电话机扑簌扑簌地掉泪,就好像您在电话机那里似的。母亲就是这样一个人。"

两人沉默一会儿,菊治说:

"那次茶会后,你母亲在等我的时候,你为什么先回去了?"

"因为我想让您知道母亲不是那么坏的人。"

"她太不坏了。"

姑娘垂下眼帘,她的鼻型小巧,上唇被下唇反包着,和善的圆脸像她母亲。

"我以前就听你母亲说起过你,并曾假想跟那位姑娘一起聊聊我的父亲呢。"

姑娘点点头说:

"我也曾这样想过呢。"

菊治想,要是自己与太田的遗孀之间啥都没有,可以跟这位姑娘无拘无束地谈谈自己的父亲,那该有多好呀。

可是,自己真心原谅了太田夫人,原谅了父亲与她之间的关系,却正是因为自己与她之间"啥都没有"的状态改变了,这真是咄咄怪事。

姑娘像是意识到自己在这里耽搁太久了,匆匆站了起来。

菊治送她出门。

"希望能有机会再跟你聊聊我父亲，再聊聊你母亲美好的人品。"

菊治觉得自己这话说得有点随意，但他又真是这么想的。

"好。不过，最近要结婚了吧？"

"是说我吗？"

"是的。我听母亲说的，她说您跟稻村雪子小姐相亲了……"

"没这回事。"

出门便是下坡路，坡道的中段有个小弯道，在这里回首只能见到菊治家院子里的树梢。

姑娘的话让菊治的脑海中蓦地浮现出那位千羽鹤小姐的身姿。文子在这里止步告辞。

菊治转身上坡而行。

林中夕阳

一

近子把电话打到公司找菊治。

"今天下班直接回家吗?"

菊治是要回家的,但他却有了不悦之色。

"是的。"

"今天您可得为了您父亲回家哟,这是他每年一次的茶会日吧。一想到这个日子,我就没法平静了。"

菊治默然。

"打扫茶室……喂,喂,我在打扫茶室,突然想起要做点菜。"

"你在哪里?"

"您家。我到您家了。抱歉,事先没打招呼。"

菊治一惊。

"一想到这个日子,我就定不下心来,因此觉得若能让我打扫一下茶室,也许就能平静下来。本应事先给您电话,又想定会被您拒绝。"

父亲死后,茶室就没用了。

母亲在世期间，好像还会常常进去，独自坐在那里，但没生过炉子，只是用铁壶装了热水拎过去。菊治不喜欢母亲进茶室，担心她在那里独自胡思乱想。

母亲一人在茶室时，菊治也曾想要去窥视一下，却又始终不曾真的去看。

但在父亲生前，茶室是由近子打理的，母亲极少进去。

母亲死后，茶室就关了起来，父亲在世时就雇用的老女佣每年会去通几次风。

"有多久没打扫了？榻榻米怎么擦总还有霉味，实在是没办法了。"近子的语气放肆起来，"打扫的时候想到了做菜，因为是临时起意，材料都不充足，稍微准备了一点，所以希望您能早点回来。"

"呵呵，真没想到。"

"您一个人挺没劲的，带三四个公司同事来吧。"

"不行，没人懂茶道。"

"不懂更好，因为我也没正经准备，大家可以轻松一些。"

"不行。"

菊治脱口而出。

"是吗？真叫人失望。那怎么办？有没有您父亲的茶道朋友……应该也是请不来的了。那就叫稻村家小姐来吧。"

"开什么玩笑？算了吧。"

"为什么？不是挺好的吗？对方对这门亲事也挺积极的，您再仔细观察一下小姐，两人好好谈谈，不是挺好的吗？今天我们请请看，她若是来了，就代表她那方首肯了呀。"

"这样不行。"菊治憋得难受，"算了，我不回去了。"

"啊呀，这种事电话里说不清，以后再说吧。反正就这样了，您早点回来。"

"什么叫'反正就这样了'？我不懂这话。"

"好了好了，都是我自作主张。"

话虽这么说，近子那种强加于人的毒气还是传了过来。

菊治想起了近子那块占了半个乳房位置的大痣斑。

于是，菊治觉得近子打扫茶室的扫帚声听来像是在触扫自己的头脑，擦拭榻榻米的抹布也像是在抚弄自己的脑袋。

这样的厌恶感最先涌了起来，可近子趁他不在的时候进入他家甚至自作主张地做起饭来，这也太奇怪了。

若是为供奉他父亲而去清扫茶室插个花之类，然后就离开，这还情有可原。

不过，在菊治这油然而生的厌恶感中，稻村小姐的身影一闪而过。

自从父亲死后，菊治与近子自然就疏远了，难道她是想以稻村小姐为诱饵而与菊治重结旧缘并纠缠不休吗？

近子在电话中虽依旧体现出那种可笑的性格，让人苦笑而她自己却不以为意，但也听得出一种强加于人的味道。

菊治觉得，之所以听出了强加于人的味道，是因为自己有软肋并且害怕这种软肋，所以不能对近子任性的电话发火。

近子是因为抓住了菊治的软肋而得寸进尺了吧？

菊治一下班就去了银座，进了一家小酒吧。

正如近子所说，他是不可能不回家的，但背负着自己的软肋，让他觉得尤为难受。

他在圆觉寺茶会后的归途中意外地与太田夫人在北镰仓旅馆过夜，此事近子固然不会知道，但她此后见过太田夫人了吧？

菊治疑心近子电话中那咄咄逼人的语调并非仅仅出于她的厚颜。

不过，仅就他与稻村小姐的那事而言，近子或许只是想以自己的方式去促成。

菊治在酒吧也无法安心，便乘电车回家。

在经过有乐町朝东京站行进的途中，菊治透过车窗俯视种着成排高大街树的大街。

那是一条东西走向的大街，与电车线路大致形成直角，正好受着夕阳西照，像金属板一样反射着晃眼的亮光，可是街树能被看到的却是没受西晒的那一面，所以绿色显得发黑而沉郁，树荫处给人凉爽之感。街树的树枝舒展，阔叶成荫。大街的两侧都是坚实的洋房。

这条大街令人意外地没有行人，直到临着皇居护城河的顶端都冷冷清清、一览无遗，晃眼的车道也很安静。

从非常拥挤的电车中往下看，唯有那条大街似乎漂浮在傍晚奇妙的时间之中，营造出一种异国情调。

菊治仿佛看到稻村小姐抱着带有白色千羽鹤图案的桃色绉绸包袱，走在街树的树荫之中，那千羽鹤的包袱似乎历历在目。

菊治顿生一种清新之感。

想到她现在可能已到他家，菊治心中有了骚动。

尽管如此，菊治还是不明白：近子在电话中让他带同事回家，一见他犹豫，便又说要叫稻村小姐，究竟是有何打算，是不是一开始就想好要叫她的？

一回到家，近子便匆匆来到玄关问：

"就您一人？"

菊治点头。

"一个人好。她来了。"近子凑了过来，做出要接过菊治帽子和皮包的姿势，"您去过什么地方了吧？"

菊治觉得大概是因为自己面留酒容。

"您是去过什么地方了吧。后来我给您公司打了电话，说您已经走了，所以算得出您应该什么时候到家。"

"真没想到。"

近子并未对擅自进这个家门以及在这里自作主张表示

歉意。

她跟到起居室，像是要帮菊治换上女佣准备好的和服。

"不劳你了。对不起，我要换衣服了。"

菊治脱了外衣后径直往藏衣室走去，像是要甩掉近子似的。

他在藏衣室换好衣服出来。

近子坐着说：

"真服了你们这些单身汉。"

"啊？"

"也应该适当改变一下这种不自在的生活方式了吧。"

"我是因为吸取了老爷子的教训。"

近子看了菊治一下。

她穿着从女佣那里借来的烹饪服，袖子翻卷着，那原来也是菊治母亲的东西。

她手腕以上部分胖嘟嘟的，白得让人不舒服，肘内侧青筋凸起。菊治突然感到意外，觉得那就是一堆僵硬、厚实的肉。

"小姐在客厅坐着呢，还是去茶室合适吧。"

近子开始进入正题了。

"茶室有灯吗？我可没见过那里用过灯哟。"

"要是没灯就用蜡烛，别有情趣。"

"那可不好。"

近子突然想起似的说：

"对了，先前给稻村小姐一打电话，她就问能不能跟她母亲一起来，我说最好能一起来。结果她母亲有事，还是说定让小姐独自来了。"

"什么'说定'，还不都是你在自作主张，突然让人家马上就来，被人觉得失礼了吧。"

"这我也知道，但小姐已经在这里了。她既能来，我的失礼自然也就不存在了吧？"

"为什么？"

"是不是应该这么理解：今天既然来了，说明她对这次的事情还算积极吧。我的方式有点剑走偏锋也无所谓，事成之后你俩尽管在一起笑话栗本是个剑走偏锋的女人好了。该成的事怎么做都能成，这是我的经验。"

近子的语气十分自负，像是看透了菊治的心思。

"已经跟对方说过了吗？"

"是的，说过了。"

近子的口气像是要菊治干脆一些。

菊治起身，经过走廊向茶室走去，为了不让稻村小姐看到自己不悦的脸色，他在一棵大石榴树下调整了一下表情。

看到石榴树的阴影，近子的痣斑又浮现在他的脑中，他摇了摇头。客厅前面的庭石上留着些许余晖。

客厅的纸门敞开着，小姐坐在近门处。

小姐的亮色仿佛射向了宽敞的客厅那微暗的深处。

地上的水盘里插着花菖蒲。

小姐系的和服腰带上也有水菖蒲图案，大概是偶然，但也许不是偶然，而是属于常见的应和季节的表现形式。

地上的花不是水菖蒲而是花菖蒲，所以叶和花都长得很高，仅从花的感觉就可知道那是近子今天刚插的。

二

第二天是下雨的周日。

午后，菊治进了茶室，要去收拾昨日用过的茶具。

同时也是留恋稻村小姐的余香。

他让女佣送伞过来，正要从客厅走到庭院的踏脚石时，发现檐下的排水管有了破洞，雨水哗哗地落在石榴树跟前。

"那儿非修不可了。"

菊治对女佣说。

"是的。"

菊治想起，很久以前他在雨夜上床后就已注意到这水声了。

"可是一旦动修，这里那里的就没完没了了，还是趁没太严重的时候卖了为好。"

"近来有大宅子的人家都这么说。昨天小姐也惊叹这房子这么大，她是打算住进来了吧？"

女佣似乎是想说别卖这房子。

"是栗本师傅说的吗？"

"是的。小姐一来，师傅就领着她在家里到处看。"

"呵呵。真没想到。"

昨天小姐没对菊治说这事。

菊治以为小姐只是从客厅直接去了茶室，今天他自己也下意识地要从客厅直接去茶室。

菊治昨晚没睡着。

他觉得茶室还飘着小姐的香气,想要半夜起来去茶室看看。

他觉得稻村小姐永远都是另一个世界的人,试图以此强使自己入睡。

那位姑娘被近子领着在家中看了一圈,这让菊治颇感意外。

菊治吩咐女佣把炭火送去茶室,然后踩着踏脚石走了过去。

昨晚,近子要回北镰仓,所以和稻村小姐一起离开,收拾的活儿都交给了女佣。

菊治只需把放在茶室角落的茶具收起来就行,但他不太清楚原先是放在哪里的。

"还是栗本熟悉这些。"

菊治嘴里咕哝着,望着挂在壁龛的歌仙绘[1]。

那是法桥宗达[2]的小品,薄墨线描,略施淡彩。

昨日稻村问起画的是谁,菊治答不上来。

"嗯……是谁呢?画上没题写和歌,所以我不知道。这种画上的歌人全都差不多模样吧。"

---

1 歌仙绘,柿本人麻吕等36位有"歌仙"之称的和歌歌人的肖像画,常配有各位歌人一首代表作。
2 法桥宗达,江户初期的画家。

"是宗于[1]吧?"近子插嘴说,"那和歌应该是'松树四季青,春来色尤翠'[2],于季节来说稍晚了些,但您父亲喜欢,常在春天挂出来。"

"不知是宗于还是贯之[3],反正凭画是很难区别的。"菊治又说。

今天看仍是完全无法区别,都是一副器宇轩昂的样子。

但是,线条虽简单,画面也不大,却让人感觉形象很高大。这样看了一会儿,就隐隐觉得一股清朗之气迎面而来。

无论是这歌仙绘还是昨日客厅中的菖蒲插花,都让菊治思念稻村小姐。

"刚才在烧水,所以来迟了,想多烧一会儿再带过来的。"

女佣拿着炭盆和水壶过来了。

茶室潮湿,所以菊治希望生火,但没打算烧水。

然而他说了要火,善解人意的女佣就准备了热水。

菊治随意添上了炭,坐上了水壶。

由于跟着父亲,菊治自小就熟悉茶室的一切,但自己并无兴趣点茶,父亲也没劝他学。

现在水已烧开,壶盖稍稍掀开,菊治茫然而坐。

---

1 源宗于(?—940),三十六歌仙之一。
2 本书中的和歌部分均由叶宗敏先生赐译。
3 纪贯之(872—945),三十六歌仙之一。

有点霉味，榻榻米好像也有潮气。

墙壁颜色素淡，昨天反将稻村小姐的身姿衬得醒目，今天则显得暗淡了。

菊治有一种住洋房穿和服的感觉。

昨天他对姑娘说：

"栗本这样突然把您叫来，给您添麻烦了吧？让您进茶室，也是她的自作主张。"

"师傅让我来，说是您父亲的茶会日。"

"她是这么说的，我却完全忘了这事，也从没想过。"

"这样的日子却叫了我这样没有心得的人，怕是师傅在挖苦我吧。最近我连茶道课都懒得上了。"

"栗本这个人呀，今早才想起来，就急忙赶来打扫茶室，所以还有霉味吧？"菊治有点打顿，"可是，同样是与您认识，如果不是栗本介绍的就好了。我觉得有点对不起您。"

姑娘惊奇地看着他问：

"为什么？要是没有师傅，不就没人引见了吗？"

这是直接的抗议，却也是事实。

确实，若没有近子，他俩在这个人世大概不会相见。

菊治觉得迎面受到一记闪光的鞭挞。

姑娘的这种说法让他听来像是已经应允了这桩婚事。

所以她那诧异的眼神让菊治觉得似一道闪光。

可是不知她如何理解菊治称呼近子时直呼其姓而不带

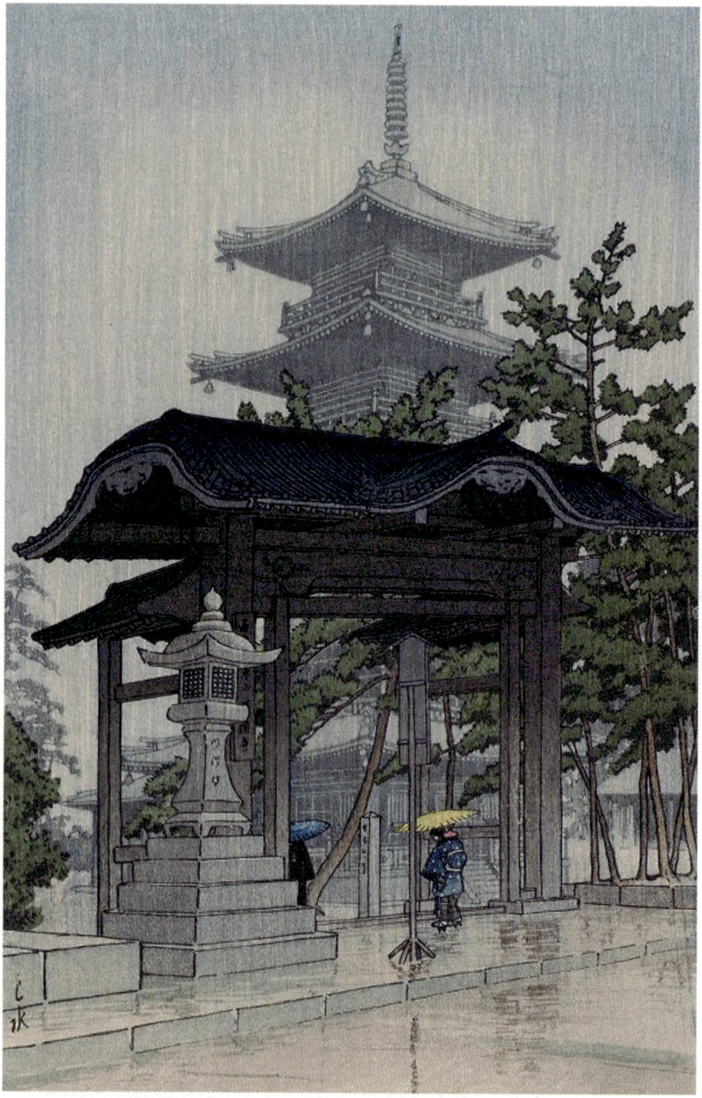

任何尊称,莫非她知道近子是菊治父亲的女人?虽然那段关系存续的时间不长。

"因为我对栗本也有不快的记忆,"菊治的声音像是有点发抖,"所以不愿被她参与自己的人生。我好像实在无法相信您是由她介绍的。"

近子把自己的饭也端了过来,谈话中断。

"让我也来陪陪你们。"近子坐下后,像是要平息一下刚才一直站立干活引起的气喘,稍稍弯下身子,又看了一下姑娘的脸色,"今天只有一位客人,好像不够热闹,可是您父亲应该也挺高兴的。"

姑娘温顺地垂下眼帘说:

"我是没有资格进您父亲的茶室的。"

近子没有理会这话,只顾按着自己的思路继续介绍菊治父亲生前如何使用这间茶室。

她似乎认准这桩婚事已经敲定。

结束时近子在玄关说:

"菊治少爷也该去一次稻村府上吧……下次要商量时间了。"

一听这话姑娘便点了头,像是要说什么,却又没出声,一举一动立时显出一种本能的羞涩。

菊治很是意外。他好似感受到了姑娘的体温。

另一方面,他又觉得自己被一张黑暗、丑陋的幕布罩着,这种感觉特别强烈。

这幕布至今仍难取去。

不仅是介绍稻村小姐的近子不洁，菊治自身的内里也有不洁之处。

他想象过父亲用肮脏的牙齿去咬近子胸前的痣斑，父亲的这种形象与他也发生了联系。

姑娘并不介意近子，菊治却介意。他卑怯、优柔，这虽不能完全归咎于近子，但近子好像也是一种原因。

菊治表现出对近子的厌恶，让人觉得与稻村小姐的婚事是出于近子的强制。近子就是一个如此便于利用的女人。

担心这些已被姑娘识穿，菊治如遭迎头一击，此时发现自己竟是如此之人，不禁愕然。

吃完饭，趁着近子起身去备茶，菊治又说：

"如果说我们命中注定要受近子所制，那么我俩对这命运的看法应该大有不同。"

这话中也有一种辩解的意味。

父亲死后，菊治不喜欢母亲独自待在这茶室中。

如今想来，父亲、母亲和自己独自在这茶室中时，似乎都是各有所思的。

雨点打在树叶上。

这时，另有雨点打在伞上的声音越来越近，女佣在拉门外说：

"太田到了。"

"太田？是小姐吗？"

"是夫人。怎么那么憔悴,像是有病呢。"

菊治蓦地站起,却又站在原地没动。

"把她带到哪里?"

"就来这儿吧。"

"好的。"

太田夫人没有撑伞,大概是放在玄关了吧。

菊治以为她脸上的是雨水,其实是泪水。

那水不住地从眼睛流到脸颊,所以明摆着是泪。

"啊!怎么啦?"

菊治虽然一时粗疏,起先误认为是雨水,此时却也几乎叫了起来,走上前去。

夫人两手撑地,在木板窗外的窄走廊坐下。

她面朝菊治的方向,一副就要瘫软下来的样子。

走廊近门槛处都被淋湿了。

泪水还在继续流,菊治又以为是雨滴。

夫人眼睛不离菊治,仿佛是借此支撑自己不至倒下,连菊治也觉得若是避开这视线,就会有什么危险发生。

她的眼窝深凹,鱼尾纹明显,眼圈发黑,形成病态的双眼皮,水汪汪的眼中噙着痛苦,也含着一种无以言说的柔情。

"对不起,我想见您,实在忍不住了。"

夫人的语气亲昵。

她的样子也让人觉得温柔。

若无这种温柔,她的憔悴简直令菊治不忍直视。

菊治的心被夫人的痛苦刺中,而且知道这痛苦因他而起,但他同时又被夫人的温柔吸引,并产生一种错觉,认为自己的痛苦因此而减轻。

"会淋湿的,快进来吧。"

菊治突然从背后深深抱住夫人,几乎是将她硬拽了起来,那做法简直有点粗鲁。

夫人想要自己站起来,说道:

"请放开我,放开。我轻了吧?"

"是的。"

"我变轻了,最近瘦了。"

菊治有点惊讶于自己突然抱起了夫人。

"小姐不担心你吗?"

"文子?"

听到夫人这么一叫,菊治以为文子也到这里了。

"小姐也一起来了?"

"我瞒着她……"夫人哽咽着说,"那孩子眼不离我,夜里我一有动静,她也立刻睁眼。那孩子好像因为我,脾气也变得有点古怪,甚至说出这样可怕的话来:'妈妈为什么只生了我一个孩子,若能给三谷先生家生个孩子不就好了吗?'"

说话间,夫人端正了坐姿。

菊治从夫人的话中感到了女儿的悲哀。

文子的悲哀大概是因为不堪于母亲的悲哀。

尽管如此，文子居然说出了为菊治父亲生孩子之类的话，这刺激到了菊治。

夫人还在盯着菊治看。

"今天或许也会追过来，虽然我是趁她不在家时溜出来的……因为下雨，她大概以为我不会出来。"

"因为下雨？"

"是的。她大概觉得我身体已经弱得下雨天走不出去了。"

菊治只好点头。

"前几天，文子来过这里了吧。"

"来过。她说'请原谅我母亲'，我无言以对。"

"我明明知道孩子的心情，可为什么又来了呢？啊，可怕。"

"但我是对她感谢了你的。"

"谢谢。我本来应该已经知足了，可是……后来我挺苦恼的，对不起了。"

"可是，应该没有什么东西可以真的束缚你，要说有的话，那就是我父亲的亡灵吧？"

听了这话，夫人却是不动声色，菊治似乎不得要领。

"忘了吧。"夫人说，"我为什么会对栗本师傅的电话那么反感，真不好意思。"

"栗本打电话了？"

"是的。今早来电话说,您跟稻村雪子小姐已经定了……为什么要告诉我呢?"

太田夫人眼睛虽又湿了,却不经意露出了微笑。那不是哭中带笑,而是一种真正自然的微笑。

"那事还没定。"菊治否定说,"你是不是让栗本觉察到了我的什么事?打那以后你见过栗本吗?"

"没见过。不过那人挺可怕,所以或许已经知道了。今早打电话时肯定也让她觉得我不正常。我这人真不行,几乎站不住了,叫了起来。她从电话那头也能听得出来,叫我别碍你们的事。"

菊治紧锁眉头,一时说不出话来。

"居然说我碍事,这种话……在您与雪子小姐的事情上,我明明是觉得自己不好,可是……今天一大早栗本师傅就让我怕得浑身发寒,在家也待不住了。"

夫人像中了邪似的颤动着肩膀,嘴唇歪向一边,像是要往上翘起,显出了这个年龄的丑态。

菊治起身走了过去,伸手像要按住她的肩膀。

夫人抓住他的手。

"我怕。真可怕呀。"说着环顾四周,一副恐惧状,突然又变得有气无力,问,"这里的茶室?"

菊治不懂这话的意思,便模棱两可地回答:

"是的。"

"多好的茶室呀。"

她是想起了死去的丈夫也常常被召来这里，抑或是想起了菊治的父亲？

"你没来过吗？"

菊治问。

"嗯。"

"看到什么了吗？"

"不，没看到什么。"

"那是宗达的歌仙绘。"

夫人点头，就势低下了头。

"以前没来过我家吗？"

"没有，一次也没来过。"

"是吗？"

"不，只来过一次，您父亲的告别式……"

说完，夫人不再出声。

"水开了，喝杯茶吧，解乏的。我也想喝。"

"嗯。可以吗？"

夫人想要站起来，却有点踉跄。

菊治从放在墙角的箱子里取出茶碗等物。他意识到这是昨天稻村小姐用过的茶器，却仍拿了出来。

夫人想拿掉茶釜的盖子，却因手抖，盖子与釜相碰，发出了轻轻的声音。

夫人拿着勺弯下身去，釜肩被她的泪沾湿。

"这釜也是您父亲从我家买的。"

"是吗？我不知道。"

菊治说。

夫人说这釜原是她亡夫所有，菊治却并未反感，也没觉得夫人这样直说有什么奇怪。

夫人点完了茶，说：

"我端不起来，您过来好吗？"

菊治走到茶釜旁饮茶。

夫人像晕厥似的倒在菊治的膝上。

菊治抱住她的肩膀，夫人的后背略微晃了一下，气息渐渐变细。

她是那样柔弱，菊治的手里像是抱着一个孩子。

三

"夫人!"

菊治用力摇晃着她。

菊治用锁喉似的动作,双手揪住了她的咽部到胸骨处。他发现夫人的肋骨比上次更加突出。

"你能分清我和我父亲吗?"

"您真残酷。讨厌。"

夫人闭着眼睛娇嗔道。

她似还不想立即从另一个世界回来。

菊治这话与其说是问夫人,莫若说是在指向自己心底的不安。

菊治顺从地被导向另一个世界,那只能被看作是另一个世界,在那里好像没有父亲与菊治的区别,以致后来引起了他那样的不安。

他觉得夫人不是这个世上的女人,又觉得她属于前世或是这个世上最后的女人。

他怀疑,夫人进入另一个世界,是否就感觉不到她死去的丈夫与菊治的父亲以及菊治之间的区别了呢?

"你是不是想起我父亲时就把他和我混为一体了?"

"原谅我。啊,可怕。我真是罪孽深重呀。"泪水从夫人眼角挂成了串,"啊,我想去死,我想去死。要是马上就死,该是多么幸福呀。菊治少爷,您刚才不是要勒我脖子的吗，为什么不勒呢？"

"别瞎说。不过，你既然这么说，我也真想勒一下了。"

"是吗？谢谢了。"夫人伸出了她的长颈子，"这么瘦，勒得住。"

"不能丢下女儿去死吧？"

"不。这样下去，反正也会累死的。文子就拜托给您了。"

"你是说让女儿跟你一样？"

夫人安心地睁开了眼。

菊治被自己的话惊住了，这是一句完全未经思考便脱口而出的话。

夫人是怎么理解的呢？

"看，脉这么乱……已经活不长了。"

夫人说着把菊治的手拉到自己乳下。

那悸动或许是因菊治的话而起。

"菊治少爷多大了？"

菊治不答。

"不到三十吧？对不起，我是个可悲的女人，真不懂事。"

夫人用手撑席半欠起身子，弯曲着腿。

菊治坐正。

"我不是来给菊治少爷与雪子小姐的婚事泼脏水的，

但已无法挽回了。"

"婚事还没定，可是被你这么一说，我觉得我过去的事情已经被你洗刷了。"

"是吗？"

"做媒的栗本是父亲的女人，她要扩散过去的孽缘。你也是我父亲最后的女人，但我却认为他是幸福的。"

"还是早点和雪子小姐结婚吧。"

"这得由我决定。"

夫人望着菊治，眼神恍惚，脸上没了血色。她按着额头说：

"我觉得晕得厉害。"

她坚持要回去，菊治便叫了出租车，自己也上了车。

夫人闭眼靠在车子的角落，那副无助的样子让人觉得她已命在旦夕。

菊治没进她家门。下车时，她那冰冷的手指像是瞬间便从菊治掌中消失。

那天夜里两点左右，文子来了电话。

"是三谷先生吗？母亲刚才……"话到这里停了一下，又清楚地说，"去世了。"

"啊？你母亲怎么啦？"

"去世了。心脏病发作。最近她吃了太多的安眠药。"

菊治无言。

"嗯……有件事想拜托三谷先生……"

"好的。"

"您若有熟识的医生,能否带着过来一趟?"

"医生?是说医生吗?那得抓紧吧?"

难道没有医生去过?菊治先是吃惊,随即又明白过来。

夫人是自杀的。文子是请菊治帮忙隐瞒此事。

"知道了。"

"拜托了。"

文子一定是在深思之后才给菊治打电话的,因此才小心翼翼地只提了要办的事情。

菊治坐在电话旁闭上了眼。

在北镰仓旅馆与太田夫人一起过夜后回家时,从电车上看到的夕阳,此时突然浮现在菊治脑中。

那是池上本门寺林中的夕阳。

通红的夕阳当时正好掠过林中的树梢下沉。

树林在晚霞的天空下显出黑色。

掠过树梢的夕阳渗进了菊治的眼睛,他遮上了自己的双眼。

此时,他又突然觉得稻村小姐包袱布上的白色千羽鹤,像是正在眼中残存的落日余晖中飞舞。

志野彩陶[1]

一

菊治去太田家,是在夫人"头七"后的第二天。

等到下班已是黄昏,所以菊治准备早退,却又一直犹犹豫豫,结果还是挨到下班才走。

文子来到玄关,惊叫一声,她双手支地,抬头看着菊治。她像是要靠两手的支撑来防止肩膀发抖。

"谢谢您昨日送来的花。"

"不用谢。"

"以为您送了花,就不会过来了。"

"是吗?也有花先到,人后到的吧?"

"可我没这么想。"

"其实我昨天也来了这附近的花店,不过……"

文子认真地点点头说:

"花上虽没写名字,但我立刻知道是谁了。"

---

1 志野彩陶,据传是志野宗信从桃山时代开始在美浓地方所烧的陶器,以厚层白釉为基底,上绘朴素的花纹图案。

菊治想起昨天站在花店的群花中思念太田夫人的情景。

他想起，花香曾一时间缓解过自己的罪恶感。

现在文子又温顺地迎他。

文子身穿白底棉布衣服，连粉都没施，仅在有点干燥的嘴唇上搽了薄薄的口红。

"昨天我觉得还是不来打扰为好。"

菊治说。

文子把膝盖斜移了一点，示意请菊治进门。

她在玄关说些寒暄的话，大概是为了不让自己哭出来，现在若还保持这个姿势说话，怕是就会哭出来了。她在菊治身后站起来说：

"收到花我就不知该有多高兴了，不过，昨天您若能过来，那就更好了。"

菊治竭力做出轻松的样子说：

"我是怕惹得你们家亲戚讨厌，那多过意不去。"

"我已经不在乎这些了。"

文子的话很干脆。

客厅里，骨灰盒前立着太田夫人的照片。

花只有菊治昨天送的一份。

菊治没想到，难道是文子把其他花都处理了，只留下了他的花？

但他又觉得这个"头七"有点凄冷了。

"这是茶道用的水罐吧?"

文子明白菊治说的是那个放花的器具。

"是的。我觉得挺合适的。"

"好像是不错的志野陶呢。"

这罐用在茶道上显得小了。

罐里插的是白色的蔷薇和淡色的康乃馨,那花束与筒形的水罐很相称。

"母亲也常用来插花,所以一直留着没卖。"

菊治在骨灰盒前坐下,点了线香,合掌闭目。

他在谢罪,但也油然而生出一种对夫人之爱的感谢之情,并似受到这种感情的纵容。

夫人是因罪无可赦而死还是因爱欲难抑而死,她是死于爱还是死于罪?这让菊治迷惘了一个星期。

现在在夫人的骨灰前闭上眼睛,她的肢体虽未出现在脑中,但那种芳香催醉的触感却温馨地向菊治围来。这虽有点奇怪,菊治却未感到不自然,这也是因为夫人。复苏的虽说是触感,但并非那种雕塑感,而是音乐感。

夫人死后,菊治因失眠而在酒中加了安眠药,却仍易醒多梦。

但他并不是被噩梦惊醒,而是梦中会有甘美的陶醉,醒后仍有恍惚之感。

死去的人难道还会让人在梦中感觉得到她的拥抱?这让菊治觉得奇怪,以他肤浅的经验来看,简直匪夷所思。

"我这个女人罪孽何其深重呀!"

夫人在北镰仓旅馆与菊治一起过夜时以及来他家进茶室时都说了这话。正如这话反而引起了夫人带有快感的战栗和啜泣一样,现在菊治坐在骨灰前考虑夫人的死因时,竟然在回味夫人说到"罪孽"时的声音,这本身就是所谓的"罪孽"。

菊治张开了眼。

文子在他身后抽噎,刚漏出一声强抑不住的哭泣,又立刻噤声。

菊治此时不便转身,只问了一句道:

"这是什么时候的照片?"

"五六年前的,小照片放大的。"

"是吗?是不是点茶时拍的?"

"啊呀,您知道得这么清楚?"

照片放大了脸部,衣领以下部分都被裁剪了,肩膀部分也不完整。

"您怎么会知道是行茶道时的照片?"

文子问。

"凭感觉。眼睛朝下,似乎在做着什么的表情,肩膀虽看不见,却看得出身体在用力。"

"照片有点侧脸,我曾犹豫是否用这张,但这是母亲喜欢的照片。"

"挺娴静的,是张好照片。"

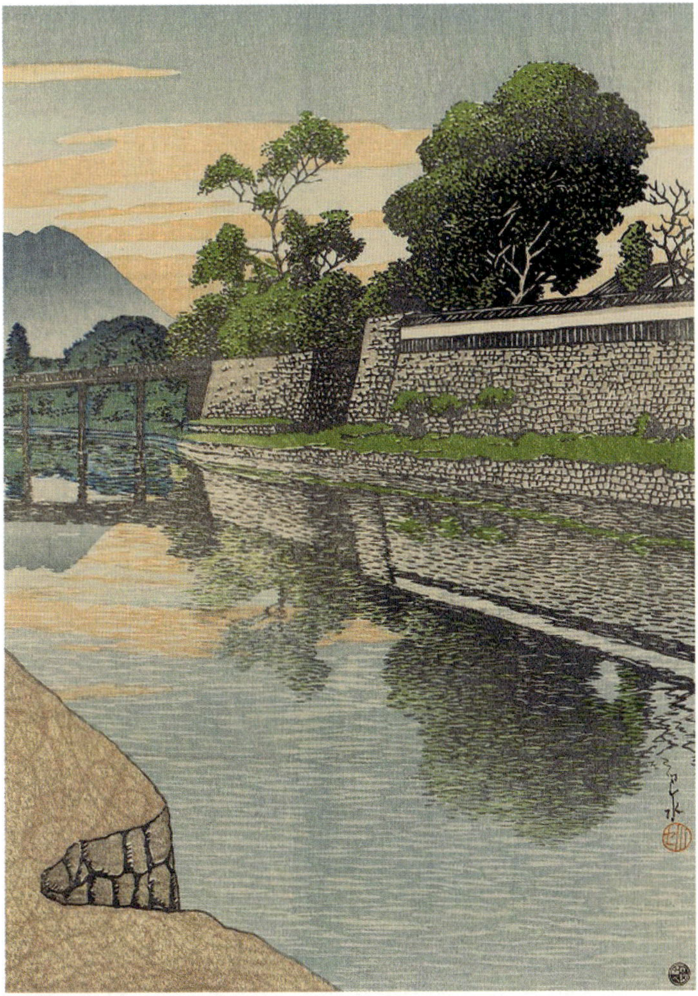

"不过，侧脸毕竟不好，别人来上香时，她就没朝人家看了。"

"哦？倒也是。"

"既侧着脸，又低着头。"

"是呀。"

菊治想起了夫人在死去的前一天点茶的情景。

夫人拿着勺子时，泪水沾湿了釜肩。菊治走过去拿了茶碗。直到喝完，釜上的泪水仍未干去。在放下茶碗的那一瞬间，夫人向菊治的膝上倒来。

"拍这张照片时，母亲还挺胖的。"文子说到这里顿了一下，"而且，把这张与我太像的照片摆出来，不知怎的，我也觉得很不好意思。"

菊治蓦地回头。文子垂下眼帘，那双眼睛先前一直在盯着他的后背。

菊治已经不得不从灵前转身而与文子正面相对。

可是，他能说什么话向文子表达歉意呢？

菊治因志野陶的水罐被用来插花而感庆幸，他轻轻把手支在罐前，像欣赏茶具似的看着那罐。

菊治伸手摸了一下白里透红、似冷又暖的艳丽釉面，说：

"给人温柔之梦的感觉。好的志野陶连我都喜欢。"

他本想说"温柔的女人之梦"，话到嘴边时省略了"女人"二字。

"您要是喜欢，就送给您作为母亲的留念吧。"

"不行。"

菊治赶紧抬起脸说。

"要是不嫌弃，您就收下吧，母亲也会高兴的。这东西好像也不是太差劲。"

"当然是好东西。"

"我也是听母亲这么说，所以用来插您送的花。"

菊治突然间热泪盈眶，说：

"那我就收下了。"

"母亲也会开心的。"

"可是我大概也不会用在茶道上，会作花瓶用的。"

"母亲也用来插花的，没问题。"

"花也不是茶道用的花，茶具如果离开茶道，会觉得寂寞的。"

"我也不想再学茶道了。"

菊治趁转身之际站了起来。

他把壁龛旁的坐垫挪近廊道边坐下。

文子先前一直在菊治身后保持着一点距离坐着，她没用坐垫。

菊治挪了位子，就把文子一人留在了客厅中央。

她的手指原先稍稍弯曲放在膝上，这时握成了拳头，像是为了抑止手指发抖。

"三谷少爷，请您原谅我母亲。"

文子说着，深深地低下了头。

菊治一惊，怕文子的身体也就势倒下。

"你说啥呀。请求原谅的应该是我。我觉得自己已经没资格请求原谅了。因为无法表达歉疚之情，所以不好意思来见你。"

"是我们母女不好意思。"文子面露羞色，"没脸活着了。"

她那未施脂粉的脸颊到白皙的细长脖颈顿时变得通红，不难看出因忧心而致的憔悴。

这淡淡的血色，反让人感觉到文子的贫血。

菊治心痛地说道：

"我想过，你母亲不知如何恨我呢。"

"恨您？怎么会？母亲恨过三谷少爷吗？"

"不，可难道不是我害死了你母亲吗？"

"母亲是自己死的。我是这么认为的。她死后的这一个星期，我独自想过这个问题了。"

"这些日子家里就你一人吗？"

"是的。以前我和母亲就是这样生活的。"

"是我害死了你母亲。"

"她是自己死的。要是说您害死了她，其实就等于是我害死了她。要是说因为她的死而必须恨谁，那就是要恨我自己，然而，如果归咎于别人或让人后悔，母亲的死就变得黑暗而不纯了，给后人造成的反省和后悔反会成为死者的重负。"

"也许确实如此，但若不是我见了你母亲……"

菊治说不下去了。

"我想只要死者被原谅就没事了。母亲或许也是为了求得原谅而死的，您能原谅她吗？"

文子说着起身离去。

文子的话让菊治觉得脑海中落下了一层帷幕。

他不知死者的重负是否也能减轻。

若因死者而烦恼，则近似于责难死者，很可能属于一种浅薄的错误。死者是不与生者计较道德的。

菊治的目光又移向了夫人的照片。

二

文子端着茶盘进来。

盘里放着两个乐烧[1]筒状茶碗,一个红色,一个黑色。

她把黑色的递给菊治。

沏的是粗茶。

菊治端起茶碗,看着碗底的印记无所顾忌地问道:

"谁的?"

"我想是了入[2]的吧。"

"红的那个也是?"

"是的。"

"是成对的。"

菊治看着红色的茶碗。

文子把红色茶碗放在自己膝前没动。

这种筒状茶碗用来喝茶挺合适,但菊治脑中突然冒出一个不好的猜想。

文子父亲死后,菊治父亲还在世时,来文子母亲这里,是不是也用这对乐烧茶碗喝茶呢?是不是他用黑的,文子母亲用红的,当作夫妻茶碗在用?

既然是了入陶,也就不用那么珍惜,或许还被他们在

---

[1] 乐烧,乐家所制陶器的总称。据传始于日本乐家始祖长次郎烧制的碗和砖,受到茶道家千利休的喜爱,其碗成为品茗茶碗。
[2] 了入(1756—1834),乐烧的正宗乐家的第9代陶匠,尤以赤釉和黑釉见长。

旅行时带出去用呢。

如果是这样,心知肚明的文子却为菊治拿出了现在这茶碗,照理说是挺大的玩笑了。

可是菊治并不认为这是故意挖苦或有什么企图。

他把这当作女孩子单纯的感伤。

毋宁说这种感伤也在感染着菊治。

也许文子和菊治都因文子母亲之死而不能自拔,无以抗拒这异样的感伤,而一对乐烧茶碗更是加深了菊治与文子共通的悲伤。

菊治父亲与文子母亲之间以及文子母亲与菊治之间的关系,还有母亲的死因,所有这一切文子也全都知道。

隐瞒文子母亲的自杀也是他俩同谋而为。

文子的眼睛有点发红,大概沏粗茶时也在哭泣。

"今天幸好来了这里。"菊治说,"刚才你的话虽可理解为生者与死者之间已无所谓原谅或不原谅了,但我还是希望重新理解为自己已经得到了你母亲的原谅。"

文子点头说:

"否则母亲也就不能取得您的谅解了,尽管她也许是不会原谅自己的。"

"可是我来这里与你这样对坐,或许是件可怕的事呢。"

"为什么?"文子看着菊治,"是因为母亲不该去死吗?我在她死的时候也挺窝心的,觉得母亲不管受到什么样的误解，都是不该去死的。死是对于任何理解的拒绝，谁都无法谅解它。"

菊治默然，但他觉得文子好像也已探求过关于死亡的秘密。

死是对于任何理解的拒绝——这话由文子说出，让他感到意外。

眼下，菊治理解的夫人与文子理解的母亲似乎仍有很大的差异。

文子无法理解作为女人的母亲。

不管是原谅或是被原谅，菊治都沉溺在女人身体的温柔乡中。

那红黑一对乐陶茶碗，也勾起菊治梦境般的飘逸感。

文子却不了解这样的母亲。

孩子由母亲身体产出，却不了解母亲的身体，这固然似乎有点微妙，但母亲身体的形态却又微妙地传给了女儿。

文子在玄关出迎时，给了菊治一种温柔的感觉，那也是因为菊治从她和善的圆脸上看到了其母亲的面影。

如果说夫人因为从菊治身上看到他父亲的影子，从而犯下错误，那么菊治认为文子像其母亲的念头则似一种令人战栗的咒语，菊治却顺从地被其引诱束缚。

即便只是看到文子那张"地包天"的嘴唇糙裂的样子，菊治也觉得无法与她抗争。

应该如何行动，才能让这位姑娘表示出抵抗呢？

菊治带着这种想法说：

"你母亲也是因为太善良，所以活不下去了。但我对她也太残酷，像是把自己道德上的不安原封不动地扔给了她。那是因为我的懦弱和卑怯……"

"是母亲不好，她这个人不行，尽管我认为她与您父亲以及与您的事情并非全都出于她的性格……"

文子说得吞吞吐吐，脸色绯红，血色也比先前好了。

像是要避开菊治的目光，她略微侧过脸去，低下头说：

"可是，从母亲死后的第二天开始，我渐渐觉出她的美好。也许并非出于我的感觉，而是她自己变得美好了。"

"对于死人来说，这些都无所谓了。"

"母亲却也许是因为难以忍受自己的丑陋而去死的。"

"我不这样认为。"

"而且她不堪痛苦。"

文子噙着泪说，像是要说母亲不堪忍受自己对于菊治的爱情。

"死者已在我们心中，让我们珍惜吧。"

"可惜他们都死得太早了。"

文子似也知道菊治所说的"死者"是指他俩的双亲。

"你和我都没有兄弟姐妹。"菊治接着她的话说。

说出这话他才意识到，太田夫人若无文子这个女儿，他也许会因与夫人的关系而被封闭在更加阴暗扭曲的情绪之中。

"我听你母亲说过,你对我父亲也很亲切的。"

菊治终于说出了这话,并认为说得很得体。

父亲作为太田夫人的情人而出入这家的事情,菊治觉得跟文子说说也无妨。

谁知文子顿时以手支地说:

"请您原谅。母亲实在太可怜了……从那时开始,母亲就做了赴死的准备。"

她低伏身子一动不动之际哭了出来,双肩松弛瘫软。

菊治来得突然,文子没穿袜子,这时蜷缩着身子,像是要把两腿藏向腰际。拖在榻榻米上的头发几乎就要掠过那红色筒形茶碗。

文子以手掩面走了出去。

等了一会儿仍没回来,于是菊治道了声"告辞",便往玄关走去。

文子抱着一个包袱进来了。

"请您把这带着。"

"啊?"

"志野陶罐。"

她已拿出了花,倒掉了水,擦干了罐,放进盒子里包了起来。菊治为文子动作之快而惊讶。

"刚才还插着花,干吗急着今天就要给我?"

"请您拿着吧。"

菊治觉得文子的麻利是缘于过度的悲伤,便说:

"那我就收下带走了。"

"本该我送过去的,可是我又不能。"

"为什么?"

文子不答。

"那就请多保重了。"

菊治说完正准备走,文子又说:

"谢谢您了。那个……请您别再在意我母亲的事,早点结婚吧。"

"你说啥呀……"

菊治回过头,文子却没有抬起脸来。

三

在带回来的志野陶水罐里,菊治还是插上了白色的蔷薇和淡色的康乃馨。

好像在太田夫人死后,自己开始爱上了她——菊治被这种情绪困扰着。

而且,他觉得自己这种爱是因她的女儿文子而得以确认的。

周日,菊治试着打电话邀请文子。

"仍是一人在家吗?"

"是的,尽管已经觉得冷清了。"

"别一个人待着了。"

"嗯。"

"你家好冷清,我在电话里都听得出来。"

文子轻声笑了。

"找点朋友来陪陪吧。"

"可是总觉得会被来人知道母亲的事情,所以……"

菊治找不出话来,便说:

"家里没人,出去也不方便吧?"

"那倒不至于,锁了门就能出去。"

"那就来我这里吧。"

"谢谢。改日吧。"

"身体如何?"

"瘦了。"

"睡得好吗？"

"夜里几乎不能入睡。"

"那可不行。"

"最近可能要把这里整理一下，去朋友家租间屋住。"

"最近？什么时候？"

"想等这里房子卖掉后。"

"你家房子？"

"是的。"

"打算卖房子？"

"是的。您不觉得还是卖了好吗？"

"这个……是呀。我也考虑要卖这里的房子呢。"

文子沉默。

"喂，喂，电话里也没法谈这种事情，今天周日我在家，你过来吧。"

"好的。"

"你给的那个志野陶罐，我插了洋花，但你若过来，可以用来点茶……"

"茶道？"

"也并非正儿八经的茶道，但志野陶罐若不用来沏一次茶，未免有点可惜了。何况茶具若不与其他茶具配合使用，互相陪衬，就显不出真正的美来。"

"可是，我今天比您上次来的时候更难看了，所以还是算了吧。"

"没有其他客人会来。"

"可是……"

"是这样啊？"

"再见。"

"保重。好像有人来了，再联系吧。"

来客是栗本近子。

不知她是否听到了刚才的电话，菊治板起了面孔。

"在家挺闷的，难得有个好天，出来走走。"近子打着招呼，眼睛已盯上了志野陶罐，"马上就要入夏了，茶道课也歇了，于是想来您家茶室坐坐……"

说着拿出带来的点心和扇子："茶室又要生霉了吧？"

"大概是吧。"

"是太田家的志野陶罐吧？让我看看。"

近子若无其事地说着，便膝行靠近了花罐。

她用手支席低下头去，骨骼粗大的双肩便耸了起来，显出一副凶相。

"是卖给您的吗？"

"不，送的。"

"这是送的？这份礼物可了不得！算是留念吧？"近子把脸抬起转向菊治，"这么贵重的东西，还是买下来好吧？如果是她家女儿送的，好像就有点可怕了。"

"那就让我再考虑一下吧。"

"还是这样吧：太田家的东西有好多已经在这里了，全是您父亲买的，自从他照应太田夫人以后，也是……"

"不想听你说这些事情。"

"好的，好的。"

没想到近子并不在意地走开了。

刚听到她与女佣的说话声，她便穿着烹饪服出现了，出其不意地来了一句：

"太田夫人是自杀的吧？"

"不是。"

"是吗？我突然想到，那位夫人总像有股妖气。"近子看着菊治，"您父亲也说她是个让人琢磨不透的女人。用女人的眼光看又不一样了，反正我觉得她总是一副没心眼的样子，黏黏糊糊的，跟我们不是一个路子。"

"希望你别再说死者的坏话了。"

"话虽这么说，可是死者不是连菊治少爷的婚事都要破坏吗？您父亲也吃了那位夫人不少苦头。"

菊治觉得吃苦头的应该是近子。

对于近子，父亲只是短暂的逢场作戏，她应该也并非因为太田夫人而受影响，但太田夫人与父亲的关系一直维持到他死的时候，近子不知有多恨呢。

"菊治少爷这样的年轻人，是不会了解那位夫人的。幸亏她死了，这样不更好吗？真的是这样。"

菊治扭过身去。

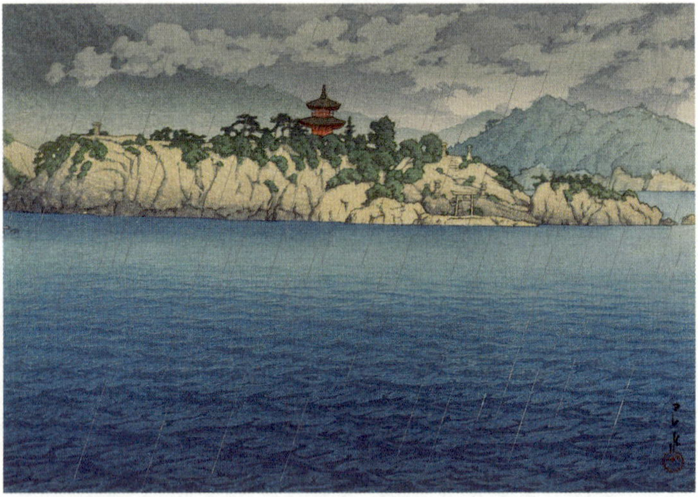

"竟然要破坏菊治少爷的婚事，真让人忍无可忍。一定是她也觉得太过分了，却又控制不了自己的魔性，只好去死了。像她那样的人，一定是觉得死后就能去见您父亲了。"

菊治不寒而栗。

近子向庭院走去，说：

"我也要去茶室静静心了。"

菊治坐着看了一会儿花。

花的洁白和淡红与志野彩陶的釉色浑然一体了。

菊治的脑中浮现出文子独自在家哭倒的样子。

母亲的口红

一

菊治刷好牙回到卧室时,女佣已在壁挂的葫芦花瓶里插上了牵牛花。

"今天不睡了。"

菊治说着却又钻进了被窝。

他仰躺着,在枕头上扭过头去看插在壁龛一角的花。

"开了一朵。"女佣说着去了隔壁房间,"今天也不上班吗?"

"啊,再歇一天。不过我要起床了。"菊治头疼感冒,向公司请了四五天假,"哪里有牵牛花?"

"缠着院子边上的蘘荷开了一朵。"

大概是野生的吧,常见的那种蓝色,蔓细、花小、叶瘦。

可是,绿叶蓝花垂在红漆已经陈旧得泛黑的葫芦边上,显得分外水灵。

女佣是父亲在世时就用的,所以会做这样的事。

壁挂的花瓶上可以看到已经掉漆的花押[1]，陈旧的盒子上也留着"宗旦"[2]的字样，如果是真货，该是三百年前的葫芦了。

菊治不懂茶道的用花，女佣也不见得有什么心得，但若在早晨点茶，牵牛花似也不错。

三百年前传下来的葫芦，却插着只有一朝生命的牵牛花——想到这，菊治久久地望着那花。

这比起同样是三百年前的志野陶罐中装满了洋花，大概更合适一些吧。

不过，他还是为用作插花的牵牛花能活多久而感不安。

女佣正在准备早饭，菊治对她说：

"本以为那牵牛花眼看着就会枯萎，其实倒不见得。"

"是吗？"

菊治想起自己曾打算在文子所赠作为母亲留念的志野陶罐中插一次牡丹。

他在带回那个陶罐时，牡丹花期虽然已过，但当时或许还能在哪里找到开剩的一两朵吧。

"我也忘了家里还有那个葫芦，亏你找出来了。"

"是的。"

"你见过我父亲在葫芦里插牵牛花吗？"

---

1 花押，在署名下面添写的将汉字图案化的特殊符号。
2 宗旦（1578—1658），千家流茶道第3代宗匠，千利休之孙。

"没有。我觉得牵牛花和葫芦都是藤蔓类植物,所以想试一试……"

"哦?藤蔓类……"

菊治笑了,没了兴趣。

看报的时候菊治觉得头有点重,就在餐厅躺下,问道:

"床还没铺吧?"

正在洗东西的女佣擦着手过来说:

"我稍微打扫一下。"

而后菊治去卧室一看,壁龛的牵牛花不在了。

葫芦花瓶也没挂在那里了。

"嗯。"

大概是女佣不想让他看见花将枯去的样子。

牵牛花和葫芦都属藤蔓类的说法固然可笑,却也能从女佣的这些地方看出父亲生活规范的余绪。

可是,那个志野陶罐却被弃置于壁龛中央。

文子若来看到,一定会觉得慢待了这罐。

从文子那里带回这个水罐时,菊治立刻放入了白色蔷薇和淡色的康乃馨。

那是因为文子在母亲的骨灰盒前就是这么放的。那白蔷薇和康乃馨是菊治为文子母亲"头七"准备的花。

抱着陶罐回家的路上,菊治在前一日受托往文子家送花的那家花店买了同样的花回来。

可是在那之后,哪怕仅仅触碰这陶罐,菊治也会心中怦然，于是不再去插花。

走在路上时，有时竟会突然被中年女子的背影吸引，一旦意识到，菊治就会嘀咕一句"真是罪过"，脸色阴沉下来。

再回过神来，发现也并非因那背影与太田夫人相似。

仅仅是腰身与夫人一样丰腴。

菊治瞬间便会感到一阵令人战栗的渴望，但在同一个瞬间又会有一种甘美的醉意和可怕的惊骇相叠，让他仿佛从犯罪的瞬间觉醒。

"是什么让我变成了罪人？"

菊治像是要摆脱什么似的试着对自己说，可是替代答案的，只是他对夫人思念的徒增而已。

与死者的肌肤之亲，时时以一种鲜明的印象重现，让菊治觉得若不逃脱则将不可救药。

他也想到这或许仍是道德的苛责让自己的官能变得病态。

菊治把志野陶罐收进箱子，上床准备睡去。

他望着庭院时，雷声响起。

雷声虽远，却很响，而且一声声逼近。

闪电开始掠过庭木。

骤雨却先已过来，雷声似乎远去了。

雨势甚大，溅起庭院中的泥土。

菊治起身给文子打电话。

"太田家搬走了。"

电话那头说。

"啊？"

菊治一愣。

"对不起，那我就……"

菊治想到是文子卖了房子，便问：

"知道搬去哪里了吗？"

"啊，请稍等。"

对方好像是女佣。

她很快便回到电话前，像是在念纸上所记，报出了新的地址。

是姓"户崎"的一户人家，也有电话号码。

菊治打到那户人家。

文子来接电话时的声音却很响亮。

"让您久等了。我是文子。"

"是文子吗？我是三谷，刚才给你家去了电话。"

"对不起。"

文子压低了的声音很像她母亲。

"什么时候搬家的？"

"啊，那个……"

"也没告诉我一声。"

"前些时候就借住在朋友这里了。家里的房子卖了。"

"啊。"

"我也不知该不该告诉您。起先是不打算告诉您的，断定不该让您知道，可是最近却又为没通知您而后悔。"

"可不是嘛。"

"哎呀，您也这么认为？"

打电话时，菊治有一种如同被冲洗过的清爽感。他不相信电话也能带来这样的感觉。

"那个志野陶罐，拿回来后，一看见它就想见你。"

"是吗？我家还有一件志野陶器，是一个小号的筒茶碗，当时想跟那个水罐一起给您的，但是母亲用它喝过茶，碗口渗进了她的口红印，所以……"

"哦？"

"母亲这么说的。"

"你母亲的口红会粘在陶器上不掉吗？"

"也并非不掉。那志野陶器本身就带着一点浅红，母亲说口红沾到碗口就擦不干净了。母亲去世后，我在茶碗口上果真见到一处显得更红一些。"

这是文子的无心之言吗？

菊治似乎听不下去了，便转换了话题。

"这场骤雨下得挺大，你那里如何？"

"倾盆大雨，雷声怕人，现在变小了。"

"雨停后会爽快一些了。我歇了四五天，今天在家。你如果方便就过来吧。"

"谢谢。我是想找到工作后去看您的。我想出去工作了。"没等菊治答话，文子又说，"很高兴接到您的电话，我过去看您。尽管我们不该见面了……"

菊治盼着雨停，并让女佣收拾了床铺。

菊治没想到自己会把文子叫来。

他更没想到的是：听到那姑娘的声音，自己与太田夫人之间的罪恶感反而消失了。

难道是因为女儿的声音听来与她母亲生前一样？

菊治刮胡子时，把沾肥皂用的毛刷朝庭木的叶间甩了甩，再让雨水濡湿它。

过了中午有人来了，菊治只以为会是文子，走到玄关一看，却是栗本近子。

"啊，是你？"

"天热了。好久没过来看您了。"

"我身体有点不舒服。"

"糟糕。您脸色不好。"

近子皱起眉头看着菊治。

文子应该是穿西式服装过来的，怎么会把木屐声误作是文子来了呢——菊治一面觉得自己荒唐，一面说：

"你整了牙？变年轻了。"

"趁梅雨天闲着……有点太白了，不过马上就会变色的，没关系。"

近子走进菊治睡觉的房间，看了一下壁龛。

"啥都没有，干干净净的也不错吧？"

菊治说道。

"嗯,梅雨季节嘛,不过,也该有点花什么的……"近子回过头来,"太田家的志野陶罐呢?"

菊治没吱声。

"那东西还是还回去为好吧?"

"那得由着我。"

"话不能这么说。"

"至少由不得你来指挥。"

"不对。"近子露出洁白的假牙笑着,"我今天是来给您提意见的。"

说着她突然伸出两手一摆,像是要驱散什么似的:"非得把鬼气从这个家里赶走不可……"

"你别吓我。"

"但我今天要以媒人的身份提个要求。"

"如果是稻村小姐的事情,对不起,请你免谈。"

"如果因为媒人不中您意而放弃自己中意的婚事,未免太没度量了吧。媒人是一座桥,您踏上去就行。您父亲就是这样轻松地利用我的。"

菊治显出不悦的表情。

近子有个习惯,一旦说得兴起,肩膀就越发耸起。

"就是这么回事,我与太田夫人不一样,我无足轻重。这种事还是不要遮遮掩掩,一次说清楚为好。遗憾的是,我都没能给您父亲的外遇凑个数,露水鸳鸯而已……"近子说着低下了头,"但我并不怨恨,后来在我方便的时候仍一直被他想用就用……对于男人来说,还是有过关系的女人好使。我也托您父亲的福,学会了不少健全的处世常识。"

"嗯。"

"所以您得好好利用一下我这健全的常识哟。"

菊治也被她这种不容分说的无拘无束吸引了。

近子从腰带间抽出扇子说:

"一个人不管是男子气太盛还是女人味太足,都培养不了健全的常识。"

"是吗?照这么说,常识是属于中性的啰?"

"您挖苦我?不过,若以中性的立场,就能看透男人和女人的心理。太田夫人母女俩相依为命,她真的就能丢下女儿去死?依我想,她说不定就是有目的的,是不是想自己死后让菊治少爷照顾她女儿呀……"

"你这是什么话?"

"我左思右想间,忽然就停在了这个疑团上:太田夫人实则是用自己的死来阻碍菊治少爷的这桩婚事。她死得绝不平常,是有名堂的。"

"这是你的胡思乱想。"

菊治虽这么说,近子这胡思乱想却给他心中一击。

好像掠过一道闪电。

"菊治少爷,稻村小姐的事是您告诉太田夫人的吧?"

菊治虽想起这么回事，却故作不知地说：

"不是你打电话给太田夫人，说我的婚事已定了吗？"

"是我告诉她的，叫她别再碍事了。她就是当晚死的。"

一阵沉默。

"可是您怎么会知道我打电话的事？是她来哭诉的吧？"

菊治对此猝不及防。

"我猜对了吧？她在电话里'啊'地叫了起来。"

"那就等于是你杀了她。"

"您这么想，自己就轻松了吧，因为我可以做反面角色了。对于您父亲来说，我就是一个可以根据需要而作为冷酷的反面角色利用的女人。今天虽算不上是为了报答他的恩情，我还是要主动做一次反面角色。"

这话在菊治听来，像是近子在倾吐深藏的嫉妒和憎恨。近子此时的目光像是在看着自己的鼻尖，又说：

"这些幕后的事就当不知吧……您只管把我当作一个讨厌的女人在多管闲事，给我脸色看好了……我很快就会驱散那女人的妖气，帮您结成良缘。"

"能不能别再提那良缘了？"

"好的，好的。我也不想与太田夫人扯在一起呢。"近子随即又放软了语调，"太田夫人也不是个坏人……自己死了，默默地祈愿女儿嫁给菊治少爷，仅此而已，所以……"

"你又在胡说八道。"

"但这是事实。您真的认为她生前从没想过把女儿嫁给您？要是这样，您就太糊涂了。这个人从早到晚只想着您父亲，就跟着了魔似的，要说纯情也真是纯情，迷迷瞪瞪地把女儿也卷了进来，最后送了命……可是在旁人看来，就像遭了可怕的报应，难逃魔网呀。"

菊治与近子对视。

近子大睁着那双小眼睛。

菊治无法避开她的目光，便把头转向一旁。

菊治屈服于近子那张嘴，既是因为自己从开始就有心虚之处，更是因为惊讶于她的奇谈怪论。

死去的太田夫人真的希望女儿文子与菊治结合吗？菊治既没想过，也不相信。

这应是近子在发泄自己的嫉妒。

这是她的恶意揣测，就像紧贴在她胸口的那块丑陋痣斑。

但这奇谈怪论却让菊治觉得似一道闪电。

菊治怕了。

自己就没这么想过吗？

继母亲之后移情于女儿，世上并非没有这种事情，可是明明还沉醉于母亲的拥抱之中，却同时就移情于女儿了，而且自己还没觉察——如果真是这样，那就真的走火入魔了。

菊治现在开始自省,自与太田夫人幽会以后,自己的性格似乎也完全变了,变得有点麻木。

女佣来报。

"太田家小姐来了。既然有客,让她改日吧……"

"不。她回去了吗?"

菊治起身往外走。

二

"刚才……"

文子伸着白皙的长颈抬头看向菊治。

喉咙与胸部之间的凹陷处有一片浅黄色的阴影。

不管是光线使然还是消瘦使然,这片浅浅的阴影让菊治有一种释然感。

"栗本来了。"

菊治干脆地说。出来时还有点紧张,见到文子,反倒轻松了。

文子点头说:

"看到师傅的伞了。"

"啊,是这把洋伞吗?"

一把灰色的长柄伞靠在玄关。

"你若觉得不方便,先在侧屋的茶室等着好吗?栗本老太婆马上就要走了。"

菊治这么说道,却又不解自己明明知道文子来了,为何不把近子赶走。

"我倒不在意……"

"是吗?那就请进。"

文子进了客厅后便与近子打招呼,像是并不知道近子的敌意。

她还感谢了近子对母亲的吊慰。

近子像看着弟子练习茶道时那样，稍稍耸起左肩，摆出一副架子，说：

"你母亲也是一个好人。在这好人没好命的世上，她的去世让我觉得最后一朵花也谢了。"

"她也没那么好。"

"剩下文子你一个人，母亲也会挂念的。"

文子低垂眼帘。她下唇包着上唇，抿得紧紧的。

"挺寂寞的吧？来学茶道吧。"

"啊。我已经……"

"解解闷吧。"

"我已经没资格学茶道了。"

"说什么呀。"近子松开了叠放在膝上的手，"今天其实也是因为出梅了，我想到要给这里的茶室通通风，就过来了。"

说着瞥了菊治一眼道："文子小姐也来了，就一起吧。"

"噢？"

"用一下你母亲留下的志野陶罐。"

文子抬头看近子。

"一起聊聊你母亲的往事。"

"可是如果在茶室哭起来就不好了。"

"嗯，会哭的吧，那也没关系。马上等菊治少爷娶了太太，我也就不能随便来这茶室了，哪怕我在这茶室留下了多少记忆……"近子笑了一下，又正颜说，"如果跟稻村小姐的婚事敲定的话。"

文子点点头,脸色没有任何改变。

然而,那张与母亲相像的圆脸,已看得出憔悴来。

菊治说:

"说一些还没确定的事情,会给人家添麻烦的。"

"我说的是如果确定的话……"近子反驳道,"好事多磨,所以在敲定之前,文子小姐也只当没听说过这事吧。"

"是。"

文子再次点头。

近子叫了女佣一起去茶室打扫。

"这儿的树荫下树叶还带着水,小心点。"

庭院里传来近子的声音。

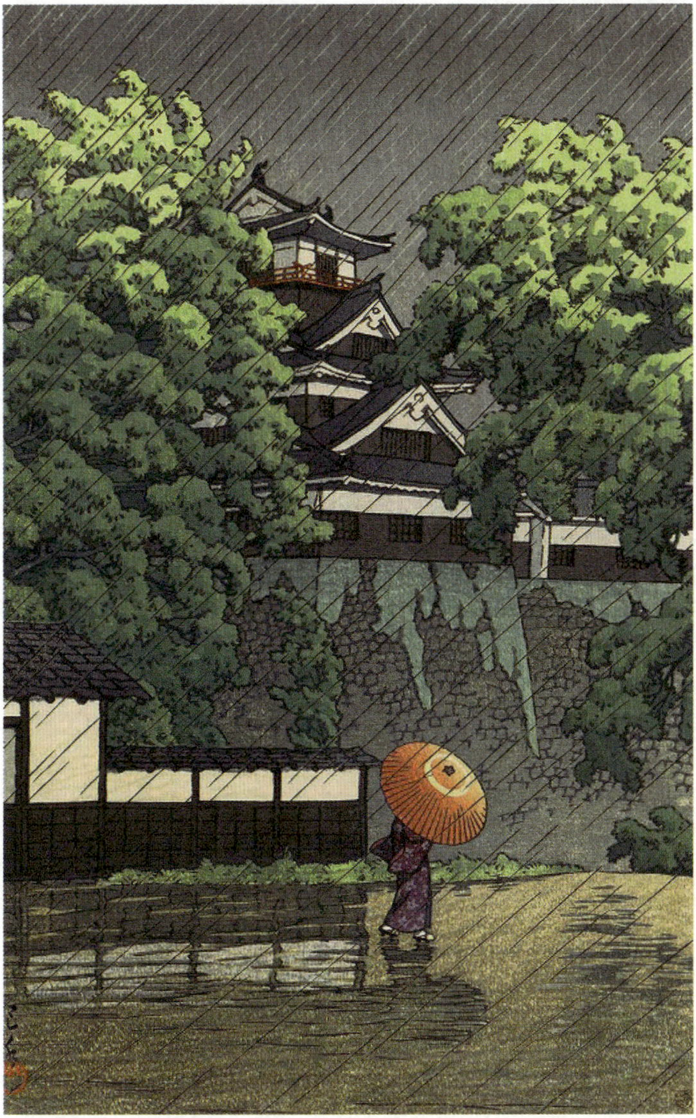

三

"早晨的电话里能听到这儿的雨声吧?"

菊治说。

"电话里也能听到雨声?我倒没在意。您家庭院的雨声能传到电话里吗?"

文子把目光朝向庭院。

树丛的对面,传来近子打扫茶室的声音。

菊治也望着庭院说:

"我也没想到在电话里能听到文子那边的雨声,后来才意识到这阵雨真厉害。"

"是的,雷声挺怕人的……"

"是的,是的,你在电话里也这么说的。"

"连这些小地方我也像我母亲。小时候一打雷,母亲就用袖子包着我的头。夏天要出去时,母亲也会望望天空,看看会不会打雷。直到现在,雷声一响,我有时都会想用袖子去遮脸。"文子浑身上下都透着一种羞怯,"我把那个志野陶茶碗带来了。"

说着便起身出去。

文子一回到客厅,便把包裹着的茶碗放在菊治膝前。

可是菊治犹豫不决,文子便把包裹拖到跟前,从盒子里取出茶碗。

"乐烧筒形茶碗也是你母亲用来饮茶的,是了入的吗?"

菊治问道。

"是的，但她说无论黑乐还是赤乐，用来喝粗茶或煎茶衬出的茶色都不好看，所以还是常用这志野陶的。"

"是呀，用黑乐就看不出粗茶的色了，所以……"

菊治并没把放在面前的志野陶筒茶碗拿起来看，于是文子又说：

"虽算不上好的志野陶……"

"不。"

然而菊治还是难以伸出手。

正如文子早上在电话中所说，这志野陶的白釉隐隐带红，盯着看上一会儿，那白色当中便似泛出红色来了。而且碗口让人感觉有点淡淡的茶色，其中有一处好像更浓一些。

这就是喝茶时贴嘴的地方？

继续端详这淡茶色，又能看出红来。

难道就像文子今早在电话里所说，这是她母亲的口红渗进碗里后留下的痕迹？

如此想时再一看，釉面的纹路里也夹杂着茶色和红色。

那是口红褪去后的颜色、红玫瑰枯萎后的颜色，又像是陈旧血迹的颜色——想到这，菊治心中有种怪异的感觉。

他同时感到令人作呕的不洁和让他难以自持的诱惑。

碗体上用蓝得发黑的颜色画着一种只见肥叶的草，叶子上面有些地方显出锈色。

画上的草单纯而健康，像是要唤醒菊治病态的官能。

茶碗的形象也落落大方。

"真好！"

菊治说着，把碗拿在手里。

"我不懂好坏，但这是母亲喜欢并常用来喝茶的。"

"用作女性的茶碗挺好。"

菊治从自己的话中重又真切地感受到文子母亲的女人味。

即便如此，文子为何要把这渗有母亲口红的志野陶茶碗拿来给他看呢？

是因为文子天真无邪还是因为她缺心眼？菊治不得其解。

只是，文子身上某种不善拒绝的性格似乎感染了菊治。

菊治把茶碗拿在膝上转着观赏，却避免手指碰到那贴嘴处。

"你还是收起来吧，免得栗本老太婆又说三道四讨人厌。"

"是。"

文子把茶碗塞进盒子包好。

她拿来好像是要送给菊治的，却又似乎怯于开口，也许是觉得东西不入菊治的眼吧。

文子把这包裹又放回玄关处。

近子弯着腰从庭院进来，说：

"把太田家的水罐拿出来吧。"

"还是用我们家的吧。太田小姐在这里呢……"

"说啥呢？不就是因为文子小姐在才用的吗？我们要借文子母亲留下的志野陶，一起聊聊她的往事呢。"

"但你是憎恨太田夫人的吧？"

菊治说。

"谈不上憎恨吧？也就是性格不合罢了。我不会去恨死人的。不过，因为性格不合，所以我不了解她，而另一方面，反倒也能看穿她的某些方面。"

"你好像就是喜欢看穿别人……"

"那您最好就别被我看穿。"

文子出现在走廊，在门槛上坐下。

近子耸着左肩，回过头说：

"文子小姐，能让我用一下你母亲的志野陶吗？"

"好的，请用。"

文子回答。

菊治取出刚收进壁橱里的志野陶罐。

近子麻利地把扇子插进和服腰带间，抱着陶罐去了茶室。

菊治也走到门槛边说：

"今早在电话中听说你搬家了，我吃了一惊。家里的事都是你自己处理的吗？"

"是的。不过，买方是我的熟人，所以就简单了。这位朋友暂住大矶，房子不大，愿与我交换，可是再小的房子我也不能独住，对于上班族来说，还是在人家家里租一间住合适，于是便暂且在朋友家住下了。"

"决定上班了吗？"

"还没有。一旦要找工作，便发现自己一无所长，所以……"文子微笑着说，"我准备等工作定下后再来您这里的。居无定所，又无工作，漂泊不定的时候来见您，实在有点惨兮兮的。"

菊治想说就是应该这个时候来见，但又觉得孑然一身的文子并非孤寂无助的样子。

"我也想卖了这房子，却又一直磨磨蹭蹭的。不过，正因想卖，所以排水管也没再修理，榻榻米成了这样也没换席面。"

"您是要在这里结婚的吧？到那时……"

文子直率地说。

菊治看着她问：

"是听栗本说的吧？你觉得我现在能结婚吗？"

"因为我母亲的事？如果她那么让人难过，还是别再去想为好……"

四

近子驾轻就熟，很快就安排好了茶室的事情。

"和这水罐相称吗？"

近子问菊治，菊治却不懂。

菊治不答，文子便也不作声，他俩都注视着志野陶罐。

这罐曾在太田夫人的骨灰盒前被当作花瓶，今天恢复了水罐的本分。

曾是太田夫人手中之物，现在已任栗本近子之手摆弄。太田夫人死后，它被交到女儿手上，又由文子交入菊治之手。

这是一个具有神奇命运的水罐，但也许茶具都是这样。

在太田夫人成为其主之前，这个水罐制成之后的三四百年间，不知它曾经过多少命运各异的人之双手流传了下来。

"在铁制的茶炉、茶釜旁一搁，这志野陶更显出了美人本色。"菊治对文子说，"不过，它的刚劲看上去也不输铁质呢。"

志野陶的白釉面散发出一种来自深处的光泽。

菊治在电话中对文子说，见到这志野陶就想见她，难道她母亲那白皙的肌肤里也深藏着女人的坚强？

因为热，菊治打开了茶室的拉门。

文子坐处背后的窗外枫叶正绿，枫叶相叠而成的浓郁阴影落在文子的头发上。

文子那颀长脖颈以上的部分，处于窗外照进的光亮之中，她像是刚开始穿短袖衫，胳膊白皙而略微发青，人虽不太胖，肩却给人浑圆的感觉，胳膊也是圆圆的。

近子也望着水罐，说：

"水罐若不用来沏茶，毕竟没有活气，如果用来放洋花，那就糟蹋了。"

"我母亲也放了花的。"

文子说道。

"你母亲留下的水罐能到这里来，真像做梦一样。不过，你母亲一定挺开心的。"

近子也许是语带讥讽。

文子却并不介意地说：

"母亲用来放花，何况我也已经不行茶道了。"

"可别这么说。"近子环视了一下茶室，"我只要有机会来这里坐坐，心里就觉得很踏实，虽然我也去过许多地方。"

说着又看着菊治道："来年是您父亲去世五周年了，忌日办个茶会吧。"

"是呀，摆出一摊赝品茶具，把客人叫来，或许是件挺愉快的事呢。"

"您说啥呢。您父亲的茶具，没有一件是赝品。"

"是吗？但还是全部是赝品的茶会好玩吧。"菊治又对文子说，"我总觉得这间茶室里充满了霉味毒气，若能有个全是赝品的茶会，或许能驱驱毒气呢。就把这作为为父亲祈求冥福，从此与茶道断缘。其实我早就与茶道断缘了，只是……"

"只是这个老太婆讨厌，老是要来这里歇口气。您是这个意思吧？"

近子说着，飞快地用茶筅搅着抹茶。

"就算是吧。"菊治说。

"可不能这么说。不过，若是结了新缘，旧缘也就可以断了。"

近子把茶端到菊治面前。

"文子小姐，听了菊治少爷这种玩笑话，你大概会觉得母亲留下的东西找错了去处吧？我一见到这志野陶罐，就觉得你母亲的面容映照在这上面。"

菊治喝完碗里的茶，把碗放下，忽然看向水罐。

那黑漆罐盖上也许就映着近子的身影。

文子却一脸木然。

菊治不知文子是不想对抗近子还是打算无视近子。

文子毫无不快的表情，与近子一起进了茶室坐着，这也是挺奇怪的事。

近子谈到菊治的婚事，文子也不见局促。

近子一直憎恶着文子母女，言语中时时侮辱文子，文子却未显反感。

难道是因为她深陷悲痛，以至将这一切都视若流水？

难道是受母亲之死的打击，从而对这些都采取了超然的态度？

又抑或是继承了母亲的性格，对自己和他人都无抵抗，几近是一位不可思议的无垢少女？

可是，菊治却似乎不曾针对近子的憎恶和侮辱表现出保护文子的努力。

意识到这一点，菊治觉得自己才是个怪人。

近子最后自斟自饮起来，菊治觉得这副样子也是怪怪的。

近子从腰带间掏出了手表说：

"这表实在太小，让我这老眼看着吃力……把您父亲的怀表之类送我一个吧。"

"没有怀表。"

被菊治这么一顶，近子立刻说：

"有的，经常用的。去文子家时还带着怀表的吧？"

说着，近子故意做出一副茫然不解的样子。

文子低垂眼帘。

"两点十分了吧？模模糊糊地看到长短针叠在一起。"近子做出忙碌状，"稻村小姐给我找了一帮人，今天三点开始学茶道。我想在去她那里之前先来这里一下，听听菊治少爷的回话。"

"请你明确地拒绝稻村家。"

菊治虽这么说，近子却笑着打岔道：

"好的，好的，明确地说。我倒希望能尽早在这间茶室给那伙人上茶道课呢。"

"那就让稻村家买下这房子吧，反正我马上就要卖的。"

"文子小姐也一起去吧。"

近子不再理会菊治，转向文子说。

"好的。"

"我赶紧收拾一下。"

"我来帮忙。"

"是吗？"

近子说着，却并不等文子，匆匆往水池走去。

传来了水声。

"文子，能行吗？还是别跟她一起去了吧。"

菊治小声说。

文子摇头说：

"我怕。"

"不用害怕。"

"我就是怕。"

"那你先一起过去，然后再甩了她。"

文子还是摇头，站起身整了整夏装后面的褶皱。

菊治从下面伸出手去。

他是担心文子站不稳，文子却红了脸。

近子说到怀表的时候，文子的眼圈周围有点发红，当时那种羞愧现在像是蓦地爆发了。

　　文子抱着志野陶水罐去了水池边。

　　"哎呀,还是把你母亲的东西拿来了?"

　　水房里传来近子沙哑的声音。

双星

一

栗本近子来菊治家说,文子和稻村家小姐都结婚了。

夏天时节,八点半左右天还亮着。菊治吃过晚饭,躺在廊下欣赏女佣买来的装在笼子里的萤火虫。微白的萤火不知不觉间便带了黄色,这时天也黑了,但菊治并未起身开灯。

菊治向公司请了四五天夏休假,去位于野尻湖的朋友家别墅,今天刚回来。

朋友已婚,有了孩子。菊治没有经验,看不出孩子有多大,也不知孩子长得比实际年龄大一些还是小一些,因此不知如何寒暄是好,只好说:

"孩子长得不错。"

女主人却说:

"长得不算好。刚生下时小得可怜,这段时间才追上来不少。"

菊治在孩子面前挥了挥手,说:

"没眨眼嘛。"

"看是能看到了，但眨眼还得等些时间了。"

菊治以为孩子已经好几个月了，其实才百日左右。年轻的女主人头发稀疏，脸上也缺少血色，不难看出产后的憔悴。

朋友夫妇的生活完全以孩子为中心，注意力全都集中在孩子身上，这让菊治觉得自己是个外人，可是乘上回程的火车，脑中始终浮现着那位模样老实的女主人毫无生气的憔悴形象以及她木然地抱着孩子时的身影。朋友原来跟父母兄弟住在一起，生下第一个孩子后不久就到湖畔别墅过上了小两口独处的日子，女主人或许是因安然而致木然了吧？

菊治回到家里，现在躺在廊下回想那位女主人时，那份思念甚至可谓带着一种神圣的哀感。

正在这时，近子来了。

她大大咧咧地朝房间走来，说道：

"哎呀呀，在这么暗的地方……"

说着便在菊治的脚边坐了下来："单身汉就是可怜，躺下来连个开灯的人都没有。"

菊治把腿蜷缩起来，有一会儿没动，但最终还是不悦地坐了起来。

"请，请您睡下来吧。"近子用右手做了一个请菊治躺下的手势，然后一本正经地跟他寒暄了一会儿，告诉他自己去了京都，回来路上顺便去了一趟箱根，还说在京都的茶道师傅家见了旧货商大泉,"跟他久别重逢,我们畅谈了您父亲的往事,他觉得应该向我介绍一下三谷老爷隐居过的旅馆,领我去了木屋町一家小旅馆,您父亲和太田夫人大概在那里住过的。大泉居然还劝我在那里住下,真是没心没肺的。想到您父亲和太田夫人都已不在了,我胆子再大,半夜说不定也会有点发怵的吧。"

菊治没吱声,心想近子说出这种话来,才是没心没肺的呢。

"菊治少爷也去了野尻湖吧?"

近子一副明知故问的口气。她刚进门就向女佣打听好了,不经通报便径直而入,这就是她的一贯做派。

"我刚回来。"

菊治不悦地回答。

"我三四天前就回来了。"近子也一字一板地说,耸起了左肩,"可是一回来就发生了令人遗憾的事,让我大吃一惊。都怪我太大意,真是没脸来见您了。"

近子说稻村小姐结婚了。

菊治难掩惊讶之色,幸而廊下光线昏暗。他故作淡定地问:

"是吗?几时的事?"

"您真沉得住气,就像没事人似的。"

近子语带讥讽。

"当然。我可是多次对你回绝了与雪子小姐的婚事。"

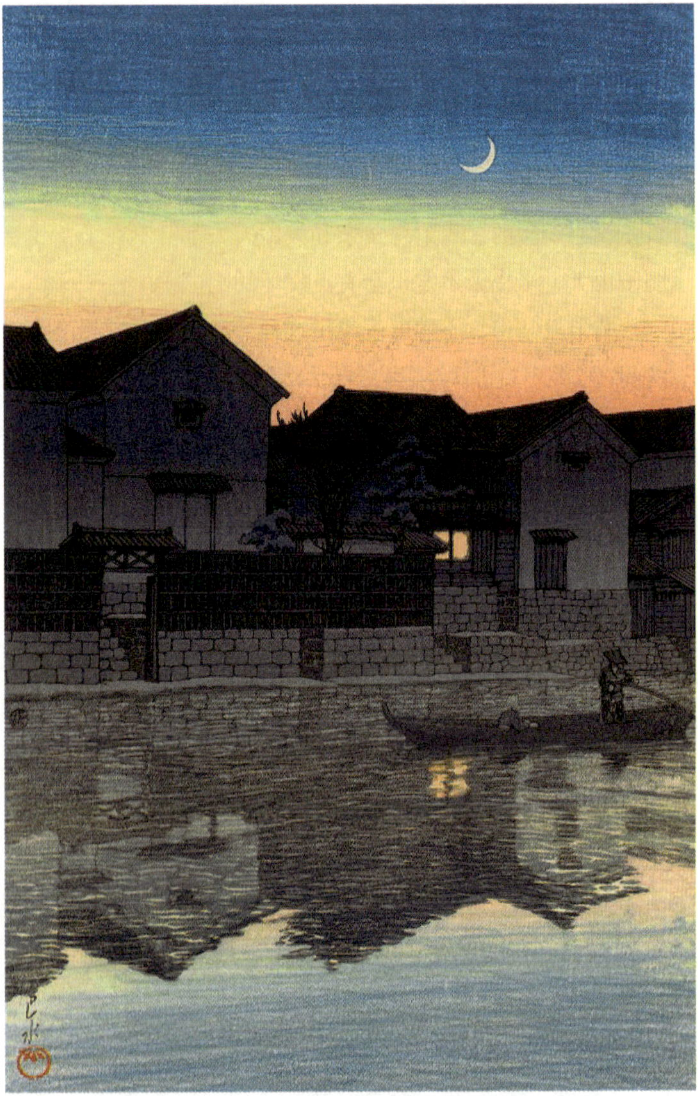
巴水

"嘴上是这么说的，是因为想对我做出这种样子吧：自己从来没有这种想法，都是那个讨厌的老太婆自作主张，死缠烂打，叫人反感。不过，那位小姐实在是不错的。"

"说什么呢？"

菊治忍不住笑了出来。

"小姐挺中您意吧？"

"是个好姑娘。"

"我就是一眼认准了的。"

"不能说因为是好姑娘就一定要跟她结婚。"

可是，听说稻村小姐结婚，菊治的心头被撞了一下，随后又如饥似渴地竭力在脑海中描绘她的面影。

菊治与雪子只见过两次。

在圆觉寺的茶会，近子为了让菊治观察雪子，特地让她点茶。她的手法质朴而具品位，长袖和服的肩、袖，乃至她的头发，都被投有嫩叶阴影的纸门衬得分外明亮，这些印象都留在菊治心中，唯有她的面容已难以忆起。当时雪子所用的小红绸巾，还有她往寺院深处的茶室走去时所带的绘有白色千羽鹤图案的桃色绉绸包袱等，至今仍历历在目。

之后，雪子来过菊治家里一趟，那天近子也点了茶。菊治至今仍记得她那菖蒲图案的腰带等等，就如同他在雪子来过的第二天仍觉茶室里有着她的余香，可是她的模样却已难以捕捉。

这就像菊治甚至已经难以清楚地回想起三四年前去世的父母的面容，每当看到照片，他才会若有所悟地点点头。也许越是亲近者和所爱之人，越是难以忆起模样，而越是丑陋者，反倒越是容易留下清晰的记忆。

雪子的眼睛和面孔都只留下一闪而过的抽象记忆，而近子乳房至胸窝处的那块痣斑，却像蛤蟆似的留下了具象的记忆。

廊下现在虽然很暗，菊治却知道近子多半会穿着小千谷绉绸和服长衬衣，即便在亮处，也不会透现她胸口的痣斑，但菊治却能在自己的记忆中看到那痣斑。因暗而不见，反又因暗而显见。

"您既然觉得她好，就不应放过。这个世上只有一个雪子小姐，您一辈子也找不到这样的人了。这么简单的事，您难道还不明白？"近子一副责难的语气，"还是没经验，可惜呀。您与雪子小姐的人生都因此而变，她对与您的婚事态度积极，所以如果因为嫁了别人而遭不幸，您不能说没有责任。"

菊治不答。

"您是认真看过她了吧？如果她想起您时就会后悔没能早点与您结婚，难道您就忍心得下？"

近子已语带怨毒。

如果雪子已经结婚，近子又何必再说这些多余的话？

"是萤笼吗？现在还有？"近子伸长脖子，"马上不是要到挂秋季虫笼的时候了吗，还有萤火虫？真像幽灵呢。"

"是女佣买来的。"

"女佣也就只能这样了吧。您要是学过茶道，就不会这样做了，日本是讲究季节的。"

被近子这么一说，那萤火倒也确实有点像幽灵。菊治想起了野尻湖边的虫鸣，那肯定是萤火虫，至今还有，确实不可思议。

"家里要是有位太太，就不会让您感到季节的凄清了。"近子突然体贴地说，"给您介绍稻村小姐，也是我在为您父亲效劳。"

"效劳？"

"是呀。再说，像您这样躺在暗处瞅着萤火虫，可不连太田家的文子小姐都结婚了吗？"

"什么时候？"

比起听说雪子结婚的时候，菊治此时的惊讶如同脚下被人使了绊子，根本来不及掩饰。他做出的反应似是不相信会有这种事情，近子像也看出了这点，便说：

"我从京都回来一看也愣了，这两人就像约好似的先后嫁了。年轻人真没劲。本来觉得文子小姐嫁人就不会干扰菊治少爷了，谁知稻村小姐却已嫁在了她的前面。在稻村家面前，我的面子也丢尽了，这都是因为您的优柔寡断。"

可是，菊治仍然难以相信文子已经结婚。

"太田夫人临死都在坏您的事，不过，文子结了婚，她母亲的妖气也该从这个家里散去了。"近子把目光朝向庭院，"现在爽快了，院子里的花木也该修整一下了。在这暗中都能感觉到枝叶长得乱七八糟，让人糟心郁闷。"

父亲死后四年，菊治不曾请花匠来过，此时仍能感觉到白天暑气的余热，由此便可知道庭院草木的四下蔓生。

"女佣也没浇水吧？这点事情应该吩咐她做的。"

"你真是多管闲事。"

尽管近子说的每句话都让他皱眉相对，菊治却又任她继续往下说。每次见到近子都是这样。

近子一面说着不中听的话，一面在讨好菊治，同时又在窥测菊治的反应。菊治已习惯了她的这一套，并且明里反对、暗里提防；近子对此则心知肚明，通常都佯作不知，偶尔也示以明白状。

而且，近子的话尽管让菊治不快，但很少有出乎菊治意料之外的。她说出的话总能让菊治从自憎的角度去理解。

今晚近子告诉菊治雪子和文子都已结婚的事，似乎是在探测菊治的反应，菊治对她的用意不敢大意。近子曾撮合雪子与菊治，也是让文子远离菊治，如今两位姑娘都已结婚，菊治此后有何打算本应与近子无关，可她好像仍是菊治心中的一片阴影。

菊治想起身去打开客厅和走廊的电灯。一旦意识到自己与近子在黑暗中这样讲话，心中总觉不妥帖，毕竟与她没有如此亲密的关系。虽然甚至已经说到了打理庭木之类的事，菊治仍将此只作近子的老生常谈而不予理会。可是，为了开灯而起身，菊治又嫌麻烦。

近子进屋时就说到开灯的事，却也不曾自己起身去做。在这些事情上眼快手勤本是近子的习性，也是她职业的一部分，如此看来，她对菊治的服务热情已大大消失，又抑或因为她上了年纪，有了一些茶道师傅的架子？

"我还要替京都的大泉带一句话，说是如果这里有茶具要出手，希望能让他来处理。"近子以平静的语调说，"既然已经错过了稻村小姐，菊治少爷如果振作起来，重新开始新的生活，茶具或许就派不上用场，我也派不上从您父亲那代开始的用场，只能是来您家时顺便给茶室通个风了，虽说有点不舍呀……"

菊治此时才明白了她的用意。

近子的目的很露骨：看准菊治与雪子的婚事无望后，便想到与旧货商合伙把他家的茶器弄出去。她是在京都与大泉商量好了才来的。

菊治与其说生气，好像更有一种如释重负的感觉。

"我连房子都想卖了，最近可能少不了还要拜托你呢。"

"毕竟从您父亲那一辈起就打交道的，怎么说也让人放心一些。"

近子又凑了这么一句。

菊治想,家里所有的茶具,近子应该比自己更知底细,她或许已经做过估算了。

菊治朝茶室方向看去,茶室门前有一株大夹竹桃,开满了白花。夜晚一片漆黑,甚至分不清天空与庭木之间的界线,那一片白也只是朦朦胧胧的。

二

下班时，菊治正要走出办公室，又被电话叫回。

"我是文子。"电话里的声音很小。

"我是三谷。"

"我是文子。"

"嗯，知道了。"

"在电话里说实在是失礼，但有件事情若不在电话里道歉，可能就来不及了。"

"啊？"

"是这么回事：昨天给您寄了封信，可我好像忘了贴邮票。"

"噢？我还没看到。"

"我在邮局买了十张邮票，可是把信寄出后回家一看，还有整整十张邮票。我这人真糊涂，只好考虑如何能在信寄到前先给您赔不是……"

"这点事情不用放在心上嘛……"菊治一边回答，一边在想是不是结婚的通知，"是报喜的信吗？"

"啊？从来都是打电话，还是第一次写信，正在犹豫该不该寄，就忘了贴邮票的事。"

"你现在在哪里？"

"公用电话，东京站的……外面还有人在等着要打。"

"公用电话？"菊治觉得有点不可理解，"恭喜你了。"

"哎呀……托您的福，总算……可是，您怎么会知道的？"

"栗本。是她告诉我的。"

"栗本师傅？她怎么会知道的？真是个可怕的人。"

"反正你也不会再见她了吧。上次在电话里听到下大雨的声音呢。"

"您说过的。当时我也说过自己在犹豫要不要告诉您搬去朋友家住的事情，这次又是这样。"

"还是告诉我为好。我听栗本说了后，也正在犹豫要不要向你道贺呢。"

"要是销声匿迹，那就太寂寞了。"

她的声音飘忽，像她母亲。

菊治突然无言。

"本以为就要销声匿迹了，可是……"稍作停顿后，文子又说，"找到工作的同时找到了住处，虽是一间六铺席大小、脏兮兮的屋子……"

"啊？"

"天最热的时候开始上班，很累。"

"是呀，何况还刚结婚……"

"哎呀，结婚？您是说结婚？"

"恭喜你了。"

"啊？说我？"

"你不是结婚了吗？"

"没有啊。我现在能有心情结婚吗?都这个样子了,母亲还刚去世……"

"啊……"

"是栗本师傅这样说的?"

"是的。"

"为什么?我真不明白。您听到也信以为真了?"

文子这话似乎也是在问自己。

菊治连忙用清晰的语调说:

"电话里不方便说,你能出来吗?"

"好的。"

"我去东京站,你在那里等我。"

"可是……"

"或者你说个见面地点。"

"我不喜欢在外面见面,还是去您家吧。"

"那就一起去我家吧。"

"一起去,也还得先碰头呀。"

"先来我公司吧。"

"不用。我自己去您家。"

"是吗?我马上就回去,如果你先到,那就直接进屋去。"

文子如果从东京站乘电气列车,应该比菊治先到,可是菊治仍觉得会与她乘同一班车,于是便在车站的人群中边走边找。

还是文子先到了菊治家。

听女佣说文子在庭院，菊治也从玄关旁穿过去了庭院。文子坐在白夹竹桃树荫下的石头上。

近子来后的四五天中，女佣总在菊治回家前给庭院浇水，庭院里的旧水龙头也还能用。

文子坐着的那块石头，下方看起来还是湿湿的。盛花期的夹竹桃，肥厚的绿叶若配上红花，便会给人暑天的感觉，但若是白花，就显得分外清凉。花簇悠悠地摇晃，掩着文子的身影。文子也穿着白棉布衣，翻领和衣袋口都镶着细细的深蓝色布滚边。

夕阳从文子身后夹竹桃的上方照到菊治面前。

"你好。"

菊治亲切地朝她走近。

文子本已先于菊治开口在说着什么，这时便接着菊治的话说：

"刚才在电话里……"

说着缩起肩膀，像是要转过身似的站了起来，否则菊治过来或许会拉她的手的。

"在电话里您说了那样的话，所以我要来澄清一下……"

"关于结婚的事？我也吃了一惊。"

"是为哪种说法吃惊？"

文子说着垂下了视线。

"要问为哪种说法吃惊，这么说吧，听说你结婚的时候以及听说你没结婚的时候,我都吃了一惊。"

"两次都吃惊了?"

"可不是吗。"菊治踩着踏脚石走着,"从这里进屋吧。你本来就应该进屋等我的。"

说着便在廊下坐下道:"前几天我旅行回来,就在这里休息时,栗本来了,已是晚上。"

女佣从屋里叫菊治。他离开公司时打电话做了吩咐,现在大概是晚饭准备好了。菊治起身进屋,顺便换了件白色细麻纱衣出来。

文子好像也补了妆,坐着在等菊治。

"栗本师傅是怎么说的?"

"我只听她说文子小姐也结婚了……"

"您就真信了?"

"这谎话也实在不像谎话,所以……"

"您没怀疑?"只见文子那对大大的黑眸立时就湿润了,"我现在能结婚吗?您觉得我能做这事吗?母亲和我都又苦又悲,这种心情还没消失……"

这话让菊治觉得她母亲还活着。

"母亲和我都太依赖别人,会相信人家都理解自己,其实这都是梦吧,只是用心中的水镜来照自己罢了……"

文子泣不成声。

菊治沉默少顷,说:

"我最近问过你觉得我现在能结婚吗——就在下大雨

的那天……"

"打雷的那天?"

"是的。今天反过来被你问这句话了。"

"那不一样……"

"你是多次说过我会结婚的。"

"三谷少爷跟我完全不同的。"文子噙着泪花盯着菊治,"三谷少爷跟我不同。"

"哪里不同?"

"身份不一样,而且……"

"身份……"

"是的,身份不一样。如果不能说身份,那就说身世的阴暗程度吧。"

"也就是说罪孽的轻重程度?那就是在说我吧。"

"不。"文子拼命摇头,泪水脱眶而出,成滴地离开左眼角,流到耳边,"要说罪孽,母亲已经带着它死去了。可我想的不是罪孽,而只是母亲的悲苦。"

菊治低下了头。

"罪孽也许没有消失之时,而悲苦是会过去的。"文子说。

"但你若说到身世的阴暗,那就会让你母亲的死变得阴暗吧?"

"还是说成悲苦的程度比较合适。"

"悲苦的程度……"

菊治本想说悲苦的程度大概等同于爱的程度，却又没说出口。

"更重要的是，三谷少爷有着与雪子小姐的这门亲事，这跟我就不一样了。"文子似乎要让话题回到现实中来，"栗本师傅像是怀疑我母亲在破坏这门亲事，她之所以说我已结婚，只能被我认为是她觉得我也碍事了。"

"不过，据说那位稻村小姐也结婚了。"

文子的表情像是松了口气，随即又拼命摇头说：

"假的……应该是假的。这肯定也是骗人。什么时候的事？"

"稻村小姐结婚？是最近的事吧。"

"肯定是骗人。"

"听说文子小姐和雪子小姐两人都结婚了，我反倒觉得文子小姐可能是真结婚了。"菊治低声说，"可是，雪子小姐或许是真的了。"

"假的。这么热的时候不会有人结婚的，只穿一层衣服就汗流浃背了。"

"是呀，好像是没有夏天办婚礼的。"

"是的，几乎……虽也并非绝对没有……但婚礼会推迟到秋季的……"不知何故，文子湿润的眼里又满噙新的泪水，泪水滴落到膝上，她看着自己膝上的泪痕，"可是，栗本师傅为何要说这样的假话呢？"

"难不成我上了一个大当？"

菊治也说道。

可是，这何以会引出了文子的眼泪呢？

至少，文子结婚之说确实是假的了。

菊治怀疑：说不定正因为雪子真的结婚了，为了让文子也远离菊治，于是近子就说文子也结婚了。

但这样的猜测仍有难以解释之处，菊治开始觉得雪子结婚之说也是假的了。

"总之，在还没弄清雪子小姐结婚是真是假的时候，也无法理解栗本的恶作剧是什么意思。"

"恶作剧……"

"权且把这当作恶作剧吧。"

"但今天如果没打电话，我就会被当作已经结过婚了。这恶作剧也太过分了。"

女佣又叫菊治。

菊治进屋拿了信回来，说：

"你的信到了，没贴邮票……"

说着便随手要拆信。

"别，别，别看……"

"为什么？"

"不愿让您看。还给我吧。"文子说着膝行过来，要从菊治手中拿信，"请还给我。"

菊治迅速把手藏到身后。

文子的左手因惯性而撑在了菊治膝上，又用右手去夺信，左右手动作相反，致使身体失去平衡，眼看就要倒向菊治时，她把左手移向后面作支撑，伸长右手去抓菊治背后的东西。文子的身体歪向右边，侧脸眼看就要碰到菊治的腹部，但她用柔韧的动作保持了平衡，连撑在菊治膝上的左手也只是轻柔的一触，这轻柔的一触是如何支撑住她朝右前方歪倒的上半身的呢？

看到文子摇摇晃晃地压过来时，菊治的身体顿时变得僵硬，然后又因文子那种令人意外的柔韧而几乎叫出声来。他强烈地感受到了女人的味道，感受到了文子母亲太田夫人的味道。

文子是在哪个瞬间躲开了身子，又是在何时放松了下来？这是一种不可多得的柔韧，像是女性的本能秘术。正当菊治以为文子的重量会压过来的时候，文子却只似一阵温馨的气味飘近了而已。

气味渐渐变浓。那是夏天从早到晚工作的女人的体味。菊治感受到了文子的气味，也感受到了太田夫人的气味，那是与太田夫人抱拥时的气味。

"啊呀，还给我吧。"

菊治不再抵抗。

"我把它撕了。"

文子侧过身去，把自己的信撕得粉碎。她的脖子和裸露的胳膊都被汗水濡湿。

文子在平衡自己的将倾之身时,脸色一时苍白,待坐好后又变红,汗水大概就是在那个过程中渗出的。

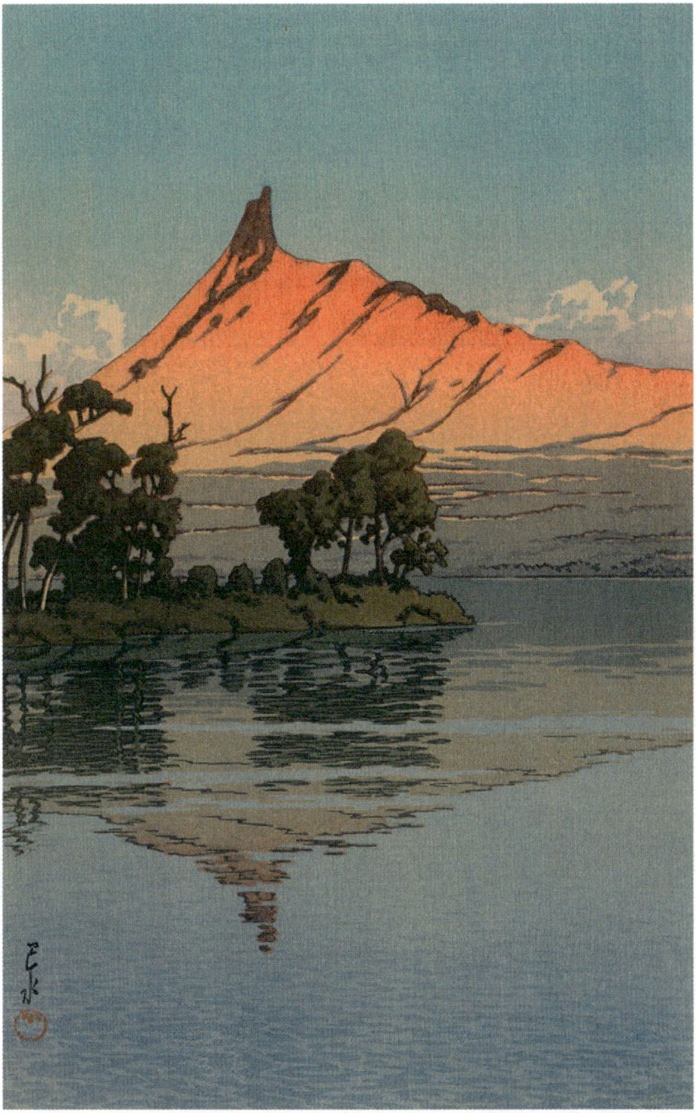

三

附近料理店外卖的晚饭总是千篇一律，少滋没味的。

像往常一样，女佣放好了志野陶的筒茶碗给菊治喝茶用。

菊治突然意识到的时候，文子盯着这茶碗问道：

"哎呀，您在用这茶碗？"

"啊……"

"糟糕。"文子的语气似乎没有菊治那么不好意思，"我后悔把这东西送给您了。我在信中稍微提了一下。"

"怎么？"

"也没什么，只是为送您这样没意思的东西表示道歉……"

"不是没意思呀。"

"不算是太好的志野陶，以至母亲平时用来喝茶了。"

"我是外行，但这不是好的志野陶吗？"

菊治把筒茶碗拿在手里端详。

"可是，更好的志野陶多着呢。您用这茶碗时难免会想起别的茶碗，觉得还是那些志野陶更好……"

"我家好像没有志野陶的小茶碗。"

"您家即使没有，总会在旁处见到的。您用这碗时如果想起别的茶碗，觉得还是那些志野陶好，那么母亲和我都会难过的。"

菊治惊奇地"哦"了一声，又说：

"我反正已和茶道无缘，也不会看到什么茶碗了。"

"可是说不定会因什么偶然的机会看到的。您之前也已经见过更好的志野陶了。"

"这么说来，送人就得送最好的东西了。"

"是的。"文子态度明确地抬起头来，认真地看着菊治说，"我是这样认为的。我在信里写了，请您把它砸了。"

"砸了？把这……"面对文子的步步紧逼，菊治敷衍道，"这东西产自志野的古窑，所以大概该有三四百年历史了，最初可能是用来装凉拌菜之类，既非茶碗也非茶杯，而从用作小茶碗以来，大概也是年代已久，全因故人珍惜，所以传了下来，有人也许还会把它装进旅行用的茶箱带着行走远方。瞧，总不能由着你的性子把它砸了吧。"

再说，茶碗的贴嘴处还留着文子母亲的痕迹。

据文子母亲对文子说，茶碗口一旦沾了口红，就不容易擦干净。菊治得了这个志野陶后，也没能洗去碗口那一处特别的色迹。那颜色固然不像口红一样，是淡茶色中依稀地渗着一点点红，却也不妨看作口红褪色后留下的旧迹。然而也有可能是志野陶本身的暗红。再说，茶碗的贴嘴处是固定的，所以这痕迹或许是文子母亲之前的茶碗主人留下的呢。不过，太田夫人既然日常把它用作茶杯，所以用的时间应该是最多的了。

菊治还考虑过：把这碗用来喝茶，这是太田夫人自己的主意,还是父亲的主意,而让太田夫人用用看呢?

他还猜想,那对了入制作的黑、红筒形茶碗,好像是被太田夫人当作与父亲之间的夫妻对碗用来喝茶了。

父亲让太田夫人把志野陶水罐用作花瓶放进蔷薇和康乃馨,把志野陶筒茶碗用来喝茶,这是否意味着父亲有时也会感到太田夫人的美呢?

他俩死后,这水罐和筒茶碗都来了菊治这里,现在文子也来了。

"我并非任性,而是真心想让您砸了它。"文子说,"把水罐给了您,我很开心,于是想到还有一个志野陶,便一起给您用作平时喝茶,可是后来又不好意思了……"

"那志野陶可不是用来平时喝茶的吧,否则真糟蹋了……"

"可是更好的东西多着呢。您如果用着它时又想到了其他好的志野陶,我又情何以堪?"

"你的意思是只有最好的东西才可以送人?"

"那要视对象和场合而定。"

这话震撼了菊治。

文子是不是认为,凡是太田夫人留下的,能让菊治想起她和文子,或能让他希望与之有更亲密接触的东西,都必须是最好的?

文子的话语中一再表示,希望以最好的名品作为对母亲的纪念,菊治对此也能理解。

这无非是文子最深切的感情吧,眼前的水罐就是证据。

那似冷又暖、光泽艳丽的志野彩陶釉面本身便让菊治想起太田夫人,而它又不带有罪孽的阴暗和丑恶,就是因为这水罐属于名品吧。

看着这件属于名品的遗物,菊治开始觉得太田夫人也属于女人中最高的名品。名品是不带污浊的。

下骤雨那天,菊治曾在电话里说过,见到水罐便会想见文子。因为是打电话,所以说得出这话。听到这话,文子便说还有一件志野陶,并把筒茶碗带到菊治家来了。

这筒茶碗果真不是水罐那样的名品?

"我父亲好像有一个旅行用的茶箱,"菊治想起来了,"装在里面的茶碗一定比这志野陶差。"

"怎样的茶碗?"

"嗯……我没见过。"

"我真想欣赏一下,肯定是您父亲的东西更好。"文子说,"如果不如您父亲的,这件志野陶就可以砸了吧?"

"真危险!"

文子熟练地收拾着吃完西瓜后留下的瓜子,又催促着要看那茶碗。

菊治让女佣先打开茶室,自己走去庭院,准备去找茶箱,谁知文子也跟来了。

"东西放在哪里,我也不知道,还是栗本一清二楚……"

菊治说着回过头来，文子在白夹竹桃树盛开的花荫下，树根处可以看到她那双穿着袜子与庭院用木屐的脚。

茶箱在水池旁边的架子上。

菊治进了茶室，把茶箱放在文子面前。文子以为菊治会把包装打开，便正襟危坐地等着，过了一会儿才自己伸手说：

"我来欣赏一下。"

"尽是灰尘。"

菊治抓起文子解开的包袱站了起来，把手伸往庭院掸灰。

"水池的架子上有死蝉，已经生虫了。"

"茶室挺干净的。"

"是的，栗本最近打扫过，就是来说你和稻村小姐都已结婚的那次……因为是晚上，大概离开时把蝉关在里面了。"

文子从箱子里取出了一包像是茶碗的东西，深深地弯下身子去解茶具袋的系带，手指微微发抖。

她向前缩起圆润的双肩，菊治在旁俯视，映入眼帘的又是那细长的脖颈。

她嘴唇认真地抿紧，以至下唇有点反包上唇，再加一对耳垂温顺地隆出，实在令人爱怜。

"是唐津陶[1]。"

文子抬头看菊治。

菊治也挨近坐下。

文子把东西放到榻榻米上说:

"好茶碗呀!"

仍是茶杯似的筒形,是唐津陶制的小茶碗。"结实而有气派,比那个志野陶强多了。"

"没有可比性吧,志野和唐津……"

"可是放在一起就知道了。"

菊治也被唐津陶的力量感吸引,放在膝上端详说:

"那就把志野陶也拿来看看吧。"

"我去拿。"

文子起身出去。

志野和唐津两个茶碗并排放下时,菊治与文子蓦地对视了一下,随即又同时将视线落向茶碗。

菊治慌张地说:

"这样并排一看,就是一对夫妻茶碗呀……"

文子点头,像是不知说什么好。

菊治也被自己的话震撼了。

唐津碗上没有花纹图样,十分素净,近似黄绿色的青

---

[1] 唐津陶,日本佐贺县唐津市一带生产的陶瓷的总称。一般指在文禄、庆长年间日本出兵朝鲜后,来到日本的朝鲜陶匠在肥前地区建陶窑烧制的朝鲜式日用器皿,尤以茶具出名。

色中带着一点暗红，给人一种力量感。

"您父亲旅行时也带着它，该是他喜爱的茶碗了。这茶碗就像您父亲一样。"

文子似乎没有意识到这话中的危险。

菊治虽然没说出那志野茶碗就像文子的母亲，但这两个茶碗并排放在这里，就像菊治父亲和文子母亲的心一样。

三四百年前的茶碗形象健康，并未引起病态的联想，充满了生命力，以至含有了官能性的意味。

在一对茶碗中看到了自己的父亲和文子的母亲，菊治感受到了一对美好灵魂的并在。

而且，正因茶碗的形象是现实的，所以现实中以茶碗为中心相对而坐的自己与文子也是纯洁的。

太田夫人"头七"的第二天，菊治甚至对文子说过，两人对面而坐也许是件可怕的事。而现在这种对罪孽的恐惧难道已被茶碗的釉面拭去？

"真漂亮！"菊治喃喃道，"父亲丢下身份去玩弄茶碗之类，也许是为了麻痹自己的种种罪孽心理吧。"

"啊？"

"不过，只要见到这个茶碗，也就想不起它原主的坏处了。父亲的寿命那样短，还不到这传世茶碗寿命的几分之一……"

"死亡其实就在我们脚下，真可怕。死亡就在自己脚下，我却始终执着于母亲的去世。想到自己不应该这样，我也做了种种努力。"

"是呀，如果执着于死者，就会觉得自己也离开了这个世界。"

菊治说。

女佣拿了铁壶等东西来。

大概是因为菊治他俩在茶室待的时间长了，女佣想到需要烧水沏茶。

菊治向文子建议，就用眼前这唐津和志野茶碗，像在旅途中似的点一次茶。

文子温顺地点头道：

"您是要在把这志野茶碗砸碎之前用它一次，作为对母亲的纪念？"

说着便从茶箱里拿出了茶筅去水池冲洗。

夏季日长，天还没黑。

"就当作外出旅行吧……"

文子用茶筅在小茶碗里搅着抹茶说。

"要说旅行，那么住在哪里？"

"不一定住旅馆，也许住在河边，也许住在山上。我想用山谷间的水点茶，凉点的好……"

文子从碗里拿起茶筅时，那对黑眼珠也抬起瞥了菊治一下，随即又把目光收在掌中转动着的唐津茶碗上。

接着，文子的目光伴着茶碗一起移向菊治膝前。

菊治感到文子似乎也会飘来。

当文子又把母亲的志野茶碗放在自己面前时，茶筅却老是碰到碗边发出声响，她歇手说：

"太难弄了。"

"碗小，所以难弄吧？"

菊治这样说，文子的手却在发抖。

她一旦歇手，那茶筅在筒状小茶碗中就一动不动了。

文子盯着自己僵硬的手腕，耷拉着脑袋说：

"母亲不让我点茶。"

"哦？"

菊治蓦地起身攥住文子的肩，就像要扶起一个因魔咒而动弹不得的人。

文子没有抵抗。

四

菊治无法入眠，等到曙光漏进护窗板的栅间，便去了茶室。

石制水池前的石板上，果然散落着志野茶碗的碎片。

茶碗碎成四大片，拾在掌中可以拼成茶碗的形状，只是碗口缺了一块，如拇指般大小。

菊治想到这碎片应该也在，刚要在石缝中寻找，却又立刻作罢。

抬眼便可看到东边树间有颗大星在闪闪发光。

菊治想到已有数年没见过拂晓的明星，便站起身望过去，发现天上有云。

大概因为是在云中发光，所以星星就显得大了，星光的边缘好像还湿漉漉的。

面对水灵晶亮的星星去拼合茶碗的碎片，这令菊治觉得可悲。

他随手扔了手中的碎片。

文子昨晚没等菊治阻拦，便把茶碗砸向了石制水池。

文子不辞而别出了茶室时，菊治未能发现她带走了茶碗。

"啊！"菊治当时叫出声来。

但他还没顾上在光线昏暗的石缝间寻找茶碗的碎片，便先撑住了文子的肩膀。文子是蹲着砸茶碗的，这时身体正向水池方向倾倒。

"还有更好的志野陶呀。"

她啜嚅道。

难道她是为菊治拿这茶碗与更好的志野陶作比而难过？

后来菊治在难以入眠时，更加感觉到文子这话哀切而纯洁的余韵。

待到天亮，他便来庭院寻找砸碎的茶碗。

但是看到星星，他又扔了拾起的碎片。

再一抬眼，他又"啊"了一声。

星星已经不在。就在他去看扔了的碎片的那一瞬间，晨星躲进了云间。

菊治像失去了什么似的，盯着东方的天空望了一会儿。

云层看上去并不厚，但已难觅星星踪影。天际的云层出现缝隙，与街上的屋顶几乎相接，呈现一种深沉的淡红色。

"也不能丢在这里呀。"

菊治自言自语道，重新拾起碎片，放进了睡衣的胸兜。

扔在这里让人心疼，何况也怕栗本近子或是谁来了盘问究竟。

东西是文子执意砸碎的，所以菊治也想不再保存碎片，就埋在水池旁算了，但他还是先用纸包了起来，收进了壁橱，然后又钻进了被子。

文子是担心菊治什么时候会拿这志野陶去跟什么东西比较吗？

这种担心又是由何而来呢？菊治不得其解。

而且，经过了昨夜到了今早，菊治已想不到有什么可与文子比较。

文子对于菊治来说，已是一种无可比较的绝对，成了他的命定。

在此之前，菊治时时把文子当作太田夫人的女儿，而现在连这也似已被他忘却。

菊治曾被一种怪梦引诱，似乎母亲的身体奇妙地转移至女儿的身体，而现在这种怪梦反倒无影无踪了。

菊治走出了长期以来笼罩着他的阴暗丑陋的幕帷。

是文子纯洁的痛苦拯救了菊治吗？

文子没有抵抗，只有纯洁自身在抵抗。

这种行为本来会被认为是落入了魔咒与麻木的深渊，但菊治反倒觉得自己摆脱了魔咒与麻木，就似中毒以后又服用最大限量的毒药，反倒创造了解毒的奇迹。

菊治到了公司后试着给文子的店里打电话，文子在神田的一家呢绒批发店上班。

文子没去店里。菊治是一夜未眠后出来的，而文子也许早上还在熟睡之中吧。菊治又想，或许她因羞怯今天不会出门了。

午后又去电话，文子还是不在，菊治便向店里的人问到了文子的住址。

文子在昨天的信里应该也写了这次搬家的地址，但她连信封一起撕碎装进了衣袋。晚饭时谈到了工作的事，菊治记住了那家呢绒批发店的名字，却忘了问地址，因为他觉得文子已经住进了他的身体。

菊治在下班回去的路上找到了文子借住的房子，在上野公园后面。

文子不在。

一个十二三岁的少女穿着水兵服，像是刚从学校回来。她来到玄关，然后又进去，再出来时说：

"太田小姐今天早上出去了，说是跟朋友一起旅行。"

"旅行？"菊治反问道，"出去旅行了吗？今早什么时候去的？说去什么地方了吗？"

少女又进去，这次出来说话时离得远了一些。

"不太清楚。我妈妈出去了，所以……"

她眉毛很淡，好像有点害怕菊治。

菊治出门后又回头看，无法确定文子的房间。那是一栋小小的二层楼，带一个小小的庭院。

想到文子说过"死亡就在脚下"，菊治两腿发麻。

他掏出手帕擦脸，擦得脸上没了血色，却还是使劲地擦着，乃至擦黑擦湿了手帕。他也感到了后背在出冷汗。

"不会死的。"

菊治对自己说道。

菊治因她而有了重生的感觉,这样的文子是不该死的。

可是,昨天文子难道不是表现出了一种殊死的顺从吗?

抑或她害怕那种顺从会使自己成为与母亲一样罪孽深重的女人?

"只留栗本一人活着吧……"

菊治像是对着假想敌吐出了自己的怨毒,匆匆走向公园的树荫之中。

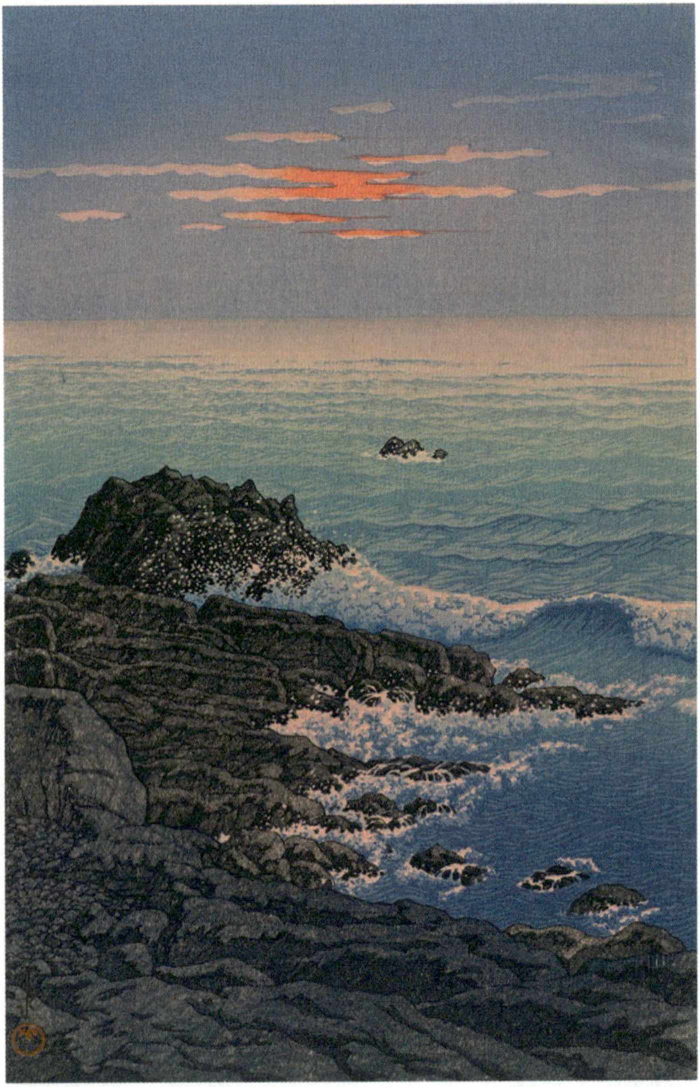

波千鸟

波千鸟

一

去热海站迎客的汽车经过伊豆山，然后向大海方向盘旋而下，进了旅馆庭院。车子停在坡道上，旅馆玄关的灯光照到了车窗上。

等在门口的旅馆领班打开车门说道：

"是三谷太太吧？欢迎光临。"

"是的。"

雪子小声答道。车子与旅馆平行，她的座位靠近玄关，所以领班是在跟她说话，但这应该是在今天刚刚举行的婚礼后她第一次被冠以三谷之姓称呼。

稍许犹豫之后，雪子还是先下了车，然后回头看着车里，以示等着菊治。

菊治正准备脱鞋进去，领班说：

"茶室准备好了。栗本师傅来过电话了。"

"啊？"

菊治一屁股在门口坐下，女侍赶紧拿着坐垫赶了过来。

近子那块从胸窝到乳房的痣斑像恶魔的手影一样出现

在菊治眼前，正在解鞋带的他一抬头似乎就能看到那只黑手。

菊治去年卖了房子，处理了茶具，便再不与近子见面。本来应该已关系疏远，可难道与雪子的婚事仍有近子在插手？连新婚旅行的旅馆房间都是近子安排，则是菊治完全没想到的。

菊治看向雪子，雪子却似并不在意领班的话。

两人被领着从玄关沿长长的走廊通道往海边方向走去。这细长的水泥通道有如狭窄的隧道，途中有几处台阶，主建筑之外还另有房间，就像形成了侧翼似的。本来不知要被带到哪里，走到尽头竟是茶室的后门。

进了八铺席大小的房间，菊治正欲脱去外套，发现雪子在身后准备接过衣服，便不禁"啊"了一声，回头去看。这是雪子身为人妻的最初表现。

桌腿处可以看到放脚炉的位置。

"那边是三铺席的正席，茶釜已备好。"领班搁下两人的行李说道，"虽然没有什么好茶具……"

菊治慌了，问道：

"那边也有茶席？"

"是的，连同这个大间共有四间，是横滨三溪园时期的格局，因是从那里搬来的。"

"是吗？"

其实菊治并不明白是怎么回事。

"夫人，今天安排在那边的茶席，方便时请……"

领班对雪子说。

雪子正在整叠自己的外套，答道：

"我过会儿去欣赏。"

说着雪子站了起来："海景真漂亮，轮船都亮着灯呢。"

"那是美国军舰。"

"美国军舰进了热海？"菊治说着起身过去看，"是小军舰呀。"

"有五艘呢。"

军舰的中间部位挂着红灯。

热海街市的灯光被小海岬所阻，只能看到锦浦一带的亮光。

女侍沏上了煎茶，领班说了些寒暄的话后，便与她一起退下。

两人随意地看了一番大海夜景，回到了火盆旁。

"怪可怜的。"

雪子说着把提包拉近，拿出一朵蔷薇，抚平被压变形的花瓣。

从东京站出发时，雪子大概是不好意思捧着花束上车，便把花递给了送行的人，只留下了被返还给她的这一朵。

雪子把花放在桌子上，看到了桌上的贵重品存放袋，说道：

"怎么弄呢？"

"你是说贵重品？"

菊治说这话时把蔷薇拿在手上，于是雪子看着他问：

"蔷薇？"

"不。我的贵重品太大，袋子放不下，也不能交给别人。"

"为什么？"话刚说完，雪子立刻意识到什么似的，"我的也不能寄存。"

"在哪里？"

雪子大概因为不好指菊治，便看着自己的胸口说：

"这里……"

说完仍不把眼抬起。

对面茶室传出釜中的水沸声。

"要看茶室吗？"

雪子点头。菊治说：

"我并不想看。"

"可是，难得来一趟……"

从茶室入口进去后，雪子照礼仪规矩拜了壁龛，菊治却站在茶室门口的草席上怨恨地说：

"虽说是难得来，但这里的事情不都是照栗本的指示安排的吗？"

雪子转身，来到炉前坐下。这是点茶的座位，雪子膝盖对着炉子。她静默不语，摆出一副等着菊治说话的姿态。

菊治也坐了下来，膝盖靠近炉子。

"我其实不想说这样的话，可是在旅馆门口一听说栗本，我就一惊，因为我的罪孽和悔恨都与那个女人有关……"

雪子似在点头。

"栗本如今还去你家吗？"

"去年夏天惹我父亲生气了，很长时间没再来过，可是……"

"去年夏天？她告诉我说你结婚了。"

"哎呀！"雪子像是想起了什么，"一定就是那个时候了，师傅来介绍其他人家……父亲大怒说：'一个媒人只能跟我介绍一桩婚事，在咱家的女儿面前免谈什么那家不行就介绍这家的话，咱们不受糊弄。'事后我觉得全亏了父亲，我能来到您身边，就是父亲当时的话起了作用。"

菊治默然。

"师傅也不示弱，说三谷少爷中了邪，还说了太田夫人的事，真叫人受不了，听得我浑身发抖。听了这种讨厌的话，我不明白为什么会抖个不停，后来我才意识到是因为我还是想嫁给您。不过当时在父亲和师傅面前发抖，毕竟让人难受。父亲大概是看到了我的面色，便说：'生米熟饭都行，夹生饭咱们坚决不吃。女儿既然经你介绍见过三谷少爷，她应该自有判断吧。'就用这话打发了师傅。"

烧洗澡水的人好像来了，传来往澡盆里放热水的声音。

"虽然难受，还是自己做了判断，所以师傅的事也不必在意了。我在这里点茶，也大可心平气和的了。"

雪子说着抬起脸来。她的眼里映着浅浅的灯光，泛红的脸颊和嘴唇也映着灯光，看到这些，菊治觉得这张熠熠生辉的面孔让他生出一种难能可贵的亲爱之情，带来一种不可思议的感觉，就像看似是一团美丽的火焰，一旦触碰，却收获了一种渗透身心的温和。

"你系过水菖蒲图案的腰带，那是去年五月来我家茶室的时候吧。那时我觉得你永远是另一个世界的人呢。"

"那是因为您当时看上去好像有什么难受事，挺难让人接近的样子。"雪子说着露出微笑，"您还记得水菖蒲的腰带？那条腰带也装进行李了，我们还要去我家呢。"

雪子对自己和菊治都用了"难受"这个词，而在她难受的时候，菊治正奔走寻找文子的行踪。想不到文子从九州的竹田町寄来了长信，于是菊治又去竹田寻找，花了一年半左右的时间，至今仍是不知文子所在。

文子让菊治忘了她母亲和自己，与稻村雪子结婚。这些绵绵诉说的书信也成了她与菊治的诀别。文子像是跟雪子互换角色，永远成了另一个世界的人。

这个世界应该没有所谓"永远是另一个世界的人"，所以菊治如今也觉得这样的说法不可滥用。

二

回到八铺席面积的房间,桌上放着相册,菊治打开来翻看。

"哦,是这茶室的照片。本以为是来此新婚旅行的客人的照片集,有点吃惊呢。"

菊治说着面对雪子。

相册开头贴着茶室由来的介绍——这个茶室名曰"寒月庵",从前是"江户十人众"[1]之一的河村迁叟[2]的茶室,后来搬到了横滨的三溪园,并在那里遭到空袭,屋顶洞穿,墙壁倒塌,门窗迸散,地板破裂,在破败状惨不忍睹的情况下,最近搬到这家旅馆的庭院中。因为是温泉旅馆,所以设了浴室,但其他布局都依原样,旧的材料好像也是能用则用。也许是因为战后燃料不足,附近的居民取荒废茶室的木材来烧,所以房柱等处还留有劈砍的痕迹。

"说是大石内藏助[3]也来过此庵一游呢……"

雪子边看相册边说。

迁叟经常出入赤穗藩,而且他的荞麦茶碗[4]"残月"作

---

[1] 江户十人众,居住在江户的十位富豪,被幕府选出管理幕府财产。
[2] 河村迁叟(1822—1885),江户末期至明治时代的富商。
[3] 大石内藏助(1659—1703),即大石良雄。日本江户时代早期武士,因为其藩主浅野长矩复仇,杀死幕府的旗本吉良义央闻名于世,事迹被改编成戏剧《忠臣藏》。
[4] 荞麦茶碗,朝鲜茶碗的一种,因其底色似荞麦色而名。

为"河村荞麦"传了下来,淡青和淡黄的釉色交替,形成一种如同晓空残月的景色,并以此为铭。

相册中有几张茶室在三溪园被炸后的照片,然后便按序陈列了从迁址开工到落成庆祝茶会的照片。

大石良雄既然来过,这个寒月庵最迟应建于元禄年间。

菊治环视屋里,这里用的几乎都是新的木材。

"刚才茶席的壁龛柱子好像是原来的。"

两人在三铺席面积的房间时,女侍来这里关了雨窗,大概就是那时把茶室相册放在了这里。

雪子重又翻看相册,一面说:

"您不换衣服吗?"

"你呢?"

"我这是和服,不用换了。您去洗澡时,我把点心和别人送的其他东西拿出来放着。"

浴室里有一股新木料的香味,从浴池到冲淋处,墙壁和天花板的颜色都很柔和,木纹笔直漂亮。

传来女侍的说话声,她是经过长长的通道过来的。

菊治从浴室回到房间时,雪子不在了。

八铺席的房间里已铺好了被子,桌子也挪到了一边。大概是女侍在做这些事情时,雪子避到了先前的三铺席房间。

"炉火大小合适吗?"

那边房间在问。

"合适。"

菊治刚回答,雪子就过来了。她盯着菊治,就像目光没处放似的。

"舒服吧?"

"是说这个?"菊治看着自己身上那套旅馆的宽袖棉袍和短上衣说,"你去洗吧,热水挺好的。"

"好的。"

雪子去了右边的三铺席房间,像是从旅行包里取出了什么,又打开八铺席房间的拉门坐下,把化妆品袋搁在身后的走廊,没来由地红着脸,用手支地略鞠一躬,然后拔下戒指放在梳妆台便出去了。

那个鞠躬实在令菊治意外,让他差点"啊"了一声,觉得雪子令人爱怜。

菊治站起来看雪子的戒指。他没动结婚戒指,而拿着墨西哥蛋白石戒指又回到火盆旁。戒指对着电灯时,宝石内部就会有极小的红、黄、绿色火光出现,时隐时现、闪闪烁烁。透明宝石中这闪烁摇曳的火光吸引了菊治。

雪子从浴室出来,又进了右边的三铺席房间。

在八铺席房间的左手边,隔着一条狭窄的走廊有两个房间,分别是三铺席和四铺席半大小,右边则是一间三铺席房间,女侍把两人的旅行包等物放在了这间。

雪子在那里待了一会儿,好像是在整叠和服。

"这门能稍微打开一点点吗?我害怕。"

她说着起身过来,把菊治所在的八铺席房间的拉门和三铺席房间的拉门都开了一尺左右的缝。

菊治也意识到这里离主屋挺远,四五间偏房里只住了他俩。他向那边透光的方向望去,问雪子:

"你那间也是茶室?"

"是的。好像是圆炉,就是把圆形铁炉嵌在木板之间……"

随着这答话声,可以从拉门下端看见雪子正在折叠的衬衣的下摆在飘动。

"千鸟[1]……"

"千鸟是冬天的鸟,所以就染上了。"

"那就是波千鸟了呀。"

"波千鸟?那是说波浪上的千鸟吧。"

"有夕波千鸟之说吧?'夕波千鸟若长鸣……'[2]和歌里的句子。"

"夕波千鸟……可是,波千鸟就是指千鸟在波浪上的情景吧?"

雪子慢条斯理地说着,印有千鸟图案的衣摆被她飞快地叠起,不见踪影了。

---

1 千鸟,鸻科小鸟的总称,群居于河滩等地。
2 出自柿本人麻吕的和歌作品。

三

菊治像是被通过旅馆上方的火车声突然惊醒的。

跟天刚黑时听到的相比,车轮声近了很多,汽笛声也很响,由此可知还在深夜。

那声音虽不至可将人吵醒,自己却因此而睁着眼,但比起这,菊治更为自己刚才睡着了感到不可思议。

他居然比雪子先入睡了。

可是,听着雪子睡梦中轻轻的鼻息,他觉得宽解了几分。

雪子该是因为婚礼前后的疲劳而入睡的吧?菊治随着婚礼的临近,因不安和悔恨而夜夜难眠,雪子一定也有令她难眠之事。

他不敢相信雪子居然睡在自己身边,但这里确实有她素有的馨香。

虽不知是什么香水,但雪子的香味和她的鼻息,乃至她的戒指和那波上千鸟的图案,菊治觉得全都属于自己所有,这种亲近感并未因半夜不安的苏醒而消失。这是他初次体验的情感。

可是,菊治并无开灯去看雪子的勇气,他带着枕边的表去了卫生间。

"已过五点了?"

菊治自问:他对太田夫人和文子做那些事时觉得自然

而无抵触，为何面对雪子时就会觉得异常而害怕呢？是因为良心的抵抗还是因为在雪子面前的自卑？抑或是因为自己被太田夫人和文子控制了？

用栗本的话说，太田夫人是有魔性的女人，可是近子却决定了他俩今晚所住的房间，这也让菊治觉得心中不快，难以释然。

雪子穿着平时不穿的衣服出来，菊治甚至怀疑这也是近子出的主意，他在睡前若无其事似的问了一句：

"旅行为什么不穿洋服？"

"也就是今天没穿。说是西式套装有点煞风景，因为与您头两次见面都在茶室，当时是穿和服的。"

菊治没再反问是谁说的。他又想，也许是雪子为了新婚旅行而请人在和服上印染了千鸟图案，于是便岔开话题说：

"刚才说到的那首夕波千鸟的和歌，我其实挺喜欢的。"

"什么样的和歌？"

菊治把柿本人麻吕的那首和歌快快地小声念了一遍。

他温柔地抚着新娘的后背，不由自主地说了一句：

"啊，谢谢。"

担心惊着雪子，菊治只能尽可能表现得温柔。

凌晨五点醒来，菊治在不安和焦虑之中，也还是有着一种对雪子的深深谢意，仅因她那轻轻的鼾声和时隐时现的馨香，就让菊治感到宽解，有一种温和的赦免感。那也许是一种自我陶醉，却又是唯有女人才能给予的恩惠，因为她们对于极恶的罪人都能宽恕；那也许是一时的感伤或麻木，却也是来自异性的救济。

哪怕明天就与雪子分手，菊治还是觉得自己会对她感谢一生。

不安和焦虑一旦缓解，菊治又有了冷寂之感。尽管雪子可能也会因不安和做出决定而经受梦魇，菊治却又做不到把她摇醒并重新抱住她。

涛声也时时可闻，菊治以为自己会睁眼直至天亮，谁知又睡着了，待醒来时，阳光已经照到了拉门，雪子不在。

菊治一惊，怕她逃回家了。这时已过九点。

打开拉门一看，雪子在草坪上，抱着膝头眺望大海。

"我睡过头了。你什么时候起来的？"

"七点左右。好像是领班来烧水时吵醒的。"

雪子红着脸回过头来。她今天换了一身西式套装，并把昨晚那朵红色蔷薇插在胸前。菊治松了口气，说：

"这蔷薇居然没枯萎。"

"昨晚去洗澡时，我把它插在卫生间的杯子里了，您没发现？"

"没注意到。"菊治答道，"你洗过澡了？"

"是的。我先起床，也无处可去，只好轻轻开门出来，

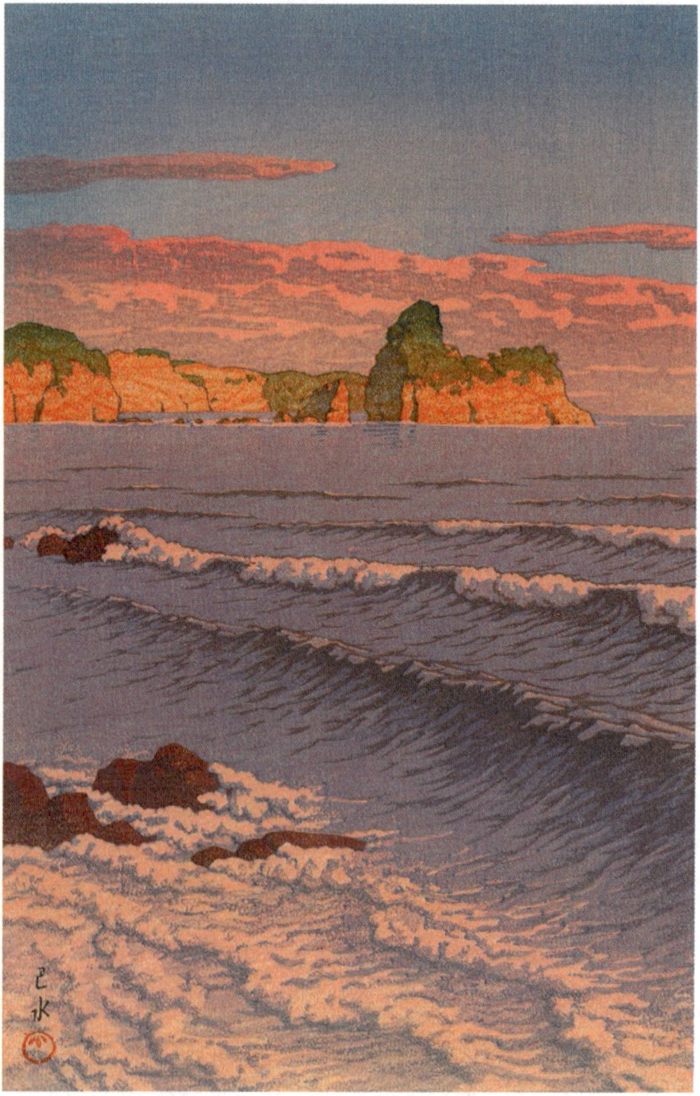
巳水

一看，正是美国军舰回去的时候。他们傍晚来玩，早晨回去。"

"军舰来玩，真怪。"

"打扫这里庭院的人说的。"

菊治打电话告诉前台自己已经起床，洗过澡后来到草坪。天气暖和，不像已是十二月过半。早餐后他们坐在向阳的廊下。

大海银光闪闪，端详间那闪光处又不断变换。从伊豆山到热海方向有不少形似小海岬的凸起，波涛靠近它们脚下时，闪光处便不断变换。

"真像星光一样，就在我们脚下这里，"雪子手指着，"像蓝宝石一样的星星……"

阳光下的海面有很多光点，像星星一样闪闪烁烁，浮现在远远各处。近处的波光相互分离，远处的大海则似镜面一样反光，那光也许就是来自这群星。定睛眺望，远处也有光群在舞动着。

茶室前的草坪不大，台阶下方那带有颜色的夏橘枝条处就是草坪的边沿，一块平缓的坡地通向大海，岸边长着一排松树。

"昨晚我仔细看了你的戒指，真美……"

"这是火蛋白石，所以波光像蓝宝石或红宝石的星芒，也最像钻石的光。"

雪子看了一眼自己的戒指后，又望着大海的波光。

眼前的景色适合于谈论宝石，这样的时间也适合两人这样度过，菊治却并无沉浸于幸福之中的温馨感。

卖了父亲的房子，带着雪子到了简陋的新家，即使这些都可不去介意，但菊治尚未真正进入婚姻状态，不足以使他可以谈论新的家庭生活。再者，如果忆及双方的旧事，菊治又不可能不触及太田夫人、文子、栗本的事情。既然未来和过去的话题都被封锁，菊治只有抓住眼前的事作为话题了。

雪子在想什么呢？她那在阳光下神采焕然的脸上没有不自然的表情，难道这是为了体恤菊治？或许她在新婚初夜感受到了菊治的体贴。

菊治无法静心，总想动一动。

在这家旅馆订了两顿晚饭，所以他们去热海宾馆吃午饭。餐厅窗边的芭蕉叶已开始破败，对面有一丛凤尾蕉。

"小时候父亲带我来过，还在这里度过新年，可是这凤尾蕉仍与那时一样。"

雪子环视着面朝大海的庭院说。

"我家老爷子应该也是常来的，那时如果也带着我，说不定就见过小时候的雪子呢。"

"我可不愿意。"

"小时候见过，不是挺好玩吗？"

"如果小时候见过，也许我俩就不会结婚了。"

"为什么？"

"因为我小时候好像挺机灵的。"

菊治笑了。

"我父亲常说:'你小时机灵,现在越来越笨了。'"

仅凭雪子这话,菊治便可想象她在家里四个孩子中是如何受到父亲的宠爱和期望。那对机灵的眼睛闪闪发亮,雪子幼时的样子至今犹存。

四

从热海宾馆回来,雪子给母亲打电话,却又没多少话可说,便对菊治说:

"母亲不放心,问我们怎么样了。您来跟她说两句?"
"别。代我问个好吧。"

菊治连忙拒绝。

"是吗?"雪子回头对着菊治,"母亲向三谷少爷问好,嘱咐要多保重……"

电话在房间里,所以菊治从开始就知道雪子并未打算跟母亲说悄悄话。

然而,是女人的直觉让雪子母亲有着什么担心的事吗?抑或就是新婚旅行的次日给娘家打个电话而已,而这个电话会不会反让新娘母亲不放心了呢?菊治虽然不得而知,但又觉得新娘如若羞于自己已受制于丈夫,也许就不会打电话了。

四点过后,有三艘小型的美国军舰进港,网代一带远空的少许云彩也化作雾霭,在春日黄昏般平静的海面缓缓移动。那些军舰即便是载来了情欲的饥渴,看上去也就像一些平静的模型船而已。

"军舰还是来玩了。"

"今晨我起床时,正逢昨晚的军舰回去。"雪子说,"我无所事事,一直目送它们远去。"

"到我起床时，你等了有两小时？"

"觉得还不止。没想到自己会在这里，挺开心的，想着等您起床后有很多话要说……"

"什么样的话？"

"无关紧要的话……"

天还没黑，进港的军舰就上灯了。

"我为什么要结婚？如果您能从自己的角度谈谈看法，我大概会非常高兴，也很希望您能谈谈这样的话题。"

"唔，我也没啥看法。"

"话虽这么说，但您若能回顾一下，'这姑娘为什么会来到我身边'，大概也挺有趣吧？我会觉得有趣的。您为什么会觉得我永远是另一个世界的人……"

"去年你来我家茶室时，用的也是现在这款香水吗？"

"是的。"

"那天我也觉得你永远是另一个世界的人。"

"啊呀！您不喜欢这香水？"

"不是这样。第二天觉得茶室里大概还有你的香味，我甚至还过去看了，所以……"

雪子吃惊地看着菊治。

"我就觉得雪子小姐永远都是另一个世界的人，自己必须死心了。"

"现在再这样说就让人伤心了，我们那时毕竟还是外人……您的这种想法我已明白，现在只想听您说说我的事情。"

"那是一种思慕。"

"思慕?"

"是的吧。大概是死心和思慕兼而有之吧。"

"您说什么思慕,吓了我一跳。对我来说,也许会因为想要死心,于是思慕,却想不起死心和思慕之类的字眼来。"

"大概因为思慕是罪人所用的词吧……"

"您又说见外的话了。"

"不,并非如此。"

"没关系,我甚至也想过自己也许会爱上有妇之夫的。"雪子眼中闪闪发亮,"可是思慕之类的话还是怕人,您就别说了吧。"

"是的。昨晚想到你的香味好像也已经为我所有,觉得挺不可思议的……"

"……"

"然而思慕之心还是没有消失。"

"马上就会失望的。"

"绝对不会失望。"

菊治说得斩钉截铁,因为他对雪子怀着深深的谢意。

雪子一时被菊治的气势镇住,但随即也坚决地回应道:

"我也绝对不会失望。我发誓。"

可是,雪子的失望会不会在五六个小时后发生呢?雪子即便没有发现自己的失望，或者仅限于疑惑而已，菊治又会不会令他自己产生一种冰冷的失望呢？

不仅是出于这方面的恐惧，菊治比昨晚睡得更迟，一直在陪雪子说话；雪子也以比昨晚更亲切的态度与他相对，适时地以轻松的方式为他沏上粗茶。

菊治在浴室剃了胡须后出来，在抹面霜时，雪子也走近了梳妆台，用手指沾了点他的面霜看了看说：

"父亲的面霜一直是我买的。"

"那我也用同样的吧。"

"还是不一样的好。"

今晚雪子把睡衣拿来放到他的膝上，依旧还是施礼后才去洗澡。

"晚安。"

说着仍是双手轻轻支地，然后手按着衣摆，动作娴熟地进了自己的被子，一举一动中那种少女特有的纯净，让菊治怦然心动。

可是，在随后的黑暗之中，菊治闭上颤抖的眼睑时，试图想起那时的情景：文子没有抵抗，只有纯洁自身在抵抗。他处于一种卑劣、污浊的挣扎之中，想将回想自己对文子纯洁的践踏作为力量，来剥夺雪子的纯洁。无可置疑，雪子清纯的举止，无可避免地引出了菊治对文子的回忆，尽管那是一服可憎的毒药。

而且，对文子的回忆又唤回了太田夫人那种女性的浪潮，这是菊治不可阻挡的。不管那是魔性的咒缚还是人性的本能，既然夫人已经死去，文子已经失踪，而且她俩对菊治只有爱而没有恨，那么是什么让菊治至今还如此惶然呢？

菊治曾懊悔自己麻木于太田夫人那女性的浪潮之中，但他现在反而又害怕自己的某一部分正处在麻木之中。

菊治突然听到雪子的头发与枕头摩擦的声音，仿佛是她在说：

"跟我说些什么吧。"

菊治一惊。

是罪人之手在轻轻地抱着圣处女吧——菊治不经意间热泪盈眶。

雪子温柔地把脸靠在菊治胸前，过了一会儿抽泣起来。

菊治用颤抖的声音轻轻问道：

"怎么了？难受吗？"

"不。"雪子摇头，"虽然一直坚定地爱着您，可是从昨天开始爱得越来越深切，所以哭了。"

菊治手托着雪子的下巴，把嘴唇凑了上去。他也不再掩饰自己的眼泪，有关太田夫人和文子的杂念瞬间消失。

为何不能与纯洁的新娘一起过几天清净的日子呢？

五

第三天，大海依然是暖融融的，雪子先起了床并梳妆停当。

这家旅馆昨晚来了六对新婚旅行客，这是今晨雪子听女侍说的，但茶室离海边的主屋较远，所以没听到什么嘈杂声，小提琴的演奏声也没传到这里。

可能是因为阳光的变化，今天直到下午也没看到波中的星光。昨天，他们近处的海面波光粼粼。有七艘渔船出海，领头船的蒸汽机引擎砰砰地响着，拖着其他六条船。那六条船依着从大到小的顺序排成一列。

"是个大家庭。"

菊治微笑着说。

旅馆赠送了两双夫妻筷作为礼物，筷子用桃色的日本纸包着，纸上印有折鹤的图案。

菊治想起什么似的说：

"那块千羽鹤的包袱布带来了吗？"

"没有。有点不好意思，这次从头到脚都是新东西。"雪子那漂亮的双眼皮泛红了，一直红到眼角处，"连发型都改变了吧。不过，收到的贺礼中有带仙鹤图案的东西。"

三点前他们乘车向川奈出发。

许多渔船进了网代港，还有一些涂了白漆的船也在港内。

雪子回头看热海方向，说：

"大海变成了粉红的珍珠色，真像那颜色。"

"粉红色珍珠？"

"是的，耳环和项链都是粉红色的，拿出来给您看看？"

"到了宾馆再看吧。"

热海的山壁阴影重重。

迎面遇到一辆自行车拖挂的货车，丈夫骑车，车上载着柴禾和他老婆。

"真想过他们那样的生活。"

雪子说道。难道她也有了与自己一起甘守贫困的想法？这让菊治思绪难平。

海岸成排的松树间有小鸟在飞，速度只比汽车稍慢一点。

雪子发现，今早从伊豆山旅馆脚下的海面出发的七艘拖船也到了这里，仍是从大到小，像长幼有序的大家庭一样排着队在近岸处的海上拖行。

"它们像是来会我们的。"

对这些船只也能有着亲近感，雪子此刻的欢悦令菊治感到慰藉。这就是一生中的幸福吧？

去年从夏到秋，菊治一直在寻找文子的行踪，处于一种说不清是筋疲力尽还是走火入魔的状态。正在这时，没想到雪子独自来找他了。菊治如同生活在黑暗中的活物看到了阳光，既头晕目眩又莫明所以。他待以讲究分寸的态度，但雪子之后还是经常来了。

菊治终于收到雪子父亲的来信，信上说，女儿好像在跟菊治交往，不知菊治有没有结婚的意愿，之前也曾有栗本近子做媒，他和妻子还是希望女儿能按照自己最初的想法发展云云。这固然可以理解为父母对两人交往的担心或是对菊治的戒心，其实就是代表女儿传达她的意愿。

自那时到今天已经整整一年，菊治的心情在等待文子和希冀雪子之间徘徊，可是，当他忆念太田夫人以及追寻文子并为之悔恨懊恼时，也曾描绘过千羽白鹤在清晨或夕暮时分的空中起舞的幻影，那就是雪子。

为了看拖船，雪子靠近了菊治，没有再回到原先的座位。

在川奈宾馆，他们被领到三楼尽头的房间，屋里两面没有墙壁，代之以观景极佳的玻璃窗。

"大海是圆的！"

雪子欢快地说。

水平线和缓地描出一个圆形。

草坪中的泳池对面，五六个身穿浅蓝色制服的女球童肩扛高尔夫球袋走了上来。

西窗外展开着一条富士山的登山道。

他们要到大块的草坪上看看。

"好大的风！"

菊治背对着西风。

"别在乎风不风的，走吧。"

雪子硬拽着菊治的手。

回房间后，菊治进了浴室，雪子趁这个时候重新整理了头发，换了衬衫，做好了去餐厅的准备。

"戴着这去吧。"

说着，雪子让菊治看她的珍珠耳环和项链。

晚饭后，他们在阳光房待了一会儿，那是一个向庭院凸出的椭圆形大房间，但因为不是休息日，所以只有菊治他俩。房间挂着窗帘，一对山茶花盆栽朝着椭圆形的前方盛开。

然后他们去了大厅，坐在壁炉前的长椅上。壁炉里燃着大段的木头，上方放着大朵君子兰的盆栽，也还是一对。长椅后的大花瓶里，早开的红梅煞是好看。英国风的木结构让高高的天花板显得沉稳大方。

菊治倚着皮椅，久久地望着壁炉里的火焰，雪子也默然不动，脸被烘得暖暖的。

回到房间，厚厚的窗帘已经被拉上。

房间虽大，但不是套间，雪子便在浴室更衣。

菊治穿着旅馆的浴衣坐在椅子上，雪子穿着睡衣站在他面前，不知要干什么。

那睡衣给人的感觉是一件自由型的和服，衣料的图案新颖，铁锈红的底色上洒落着白色碎花，像是西式衣料，袖子则又做成元禄袖[1]的式样，着实让人觉得青春可爱。她把一根柔软的绿缎系成伊达卷[2]的样子，像个洋娃娃似的，睡衣的红色夹里后露出了白色的浴衣。

"这和服真可爱，是自己想出来的吗？元禄袖？"

"跟元禄袖有点不同，是我随便做的。"

雪子走向梳妆台。

睡觉时，她留了梳妆台的灯，让房间有一点光亮。

菊治突然醒来时，有一种很大的声响。风在呼啸。庭院的尽头是断崖，他想也许是大浪拍崖的声响。

他朝雪子的方向看，她不在床上，而是站在窗边。

"怎么啦？"

菊治说着也起身过去。

"声音吵人。您看，海上有桃色的火。"

"是灯塔吧。"

"被吵醒后就怕得睡不着，一直在这里看着。"

"是涛声。"菊治把手放在雪子肩上，"应该叫醒我的。"

雪子像是被海夺了魂。

"看，那是桃色的光吧？"

"是灯塔。"

---

1 元禄袖，和服的一种袖型，吸收了元禄时代圆袖的特点，袖筒较大而短。
2 伊达卷，女式和服宽腰带下面所系的窄腰带。

"是有灯塔，可是这光亮大过灯塔，而且是猛地出来的。"

"是涛声呢。"

"不是。"

像是波涛拍打断崖的声音，可是在弦月的冷光下，大海黑沉沉静悄悄的。

菊治看了一会儿，发现桃色的闪光与灯塔的亮灭不一样，桃色的闪光间隔长而不规则。

"是大炮。我觉得是海战。"

雪子说。

"啊，是美国军舰在演习吧。"

"是的。"雪子也同意了，"不喜欢这声音，怕人。"

说着，她的肩软软地靠了过来。菊治抱住她。

弦月之夜的海上，风在呼号，远处跟在桃色火光之后的轰隆声，让菊治也毛骨悚然。

"这种夜晚，你不能一个人在这里看。"

菊治在手臂上使了把力气，抱起雪子。雪子战战兢兢地搂着他的脖子。

……

菊治被一种彻骨的悲哀所袭，激动地说：

"我并非不行，不是我不行，实在是污浊和不道德的记忆还没宽恕我呀。"

雪子沉沉地瘫向菊治的怀中，像是失去了知觉。

旅中的告别

一

菊治结束新婚旅行回家后,在烧毁文子去年的来信之前,把它们又重读了一遍。

十月十九日于赴别府的"小金丸"号船上。

您大概正在找我吧?请原谅我的去向不明。

我已决心不再与您见面,所以觉得此信可能也不会发出,即便发出,也不知已是何年何月。我将去往父亲的故里竹田町,但如果此信到您手中,彼时我已不在竹田。

父亲二十年前离开故乡,我对竹田也不了解。

四方环山岭,山岩多嶙峋
中间坐落竹田镇,爽秋河川伴清音

洞门似城堡,控扼竹田镇
无论进入或外出,必经峦嶂此洞门

竹田镇洞门，远近白茫茫
门内芒草白花花，门外芒草闪银光

我仅是凭借与谢野宽[1]和晶子[2]的《久住山之歌》及父亲的话在想象中描述竹田。

我将回到父亲的故乡，那是我完全陌生的地方。

久住町有一人据说在父亲孩时就与之相识，此人曾有歌曰：

悠悠故乡情，拳拳山之心
亲切温柔注溪流，最美潺潺水之音

原野广无涯，碧色连苍空
自从年幼孩提时，浸染我身血肉中

烦恼袭上身，何止我一人
山峦与我亦相同，不时披戴重重云

我之叛逆心，不觉去无痕
祈愿素日得安详，一心只为那个人

---

[1] 与谢野宽（1873—1935），日本著名诗人、歌人。
[2] 与谢野晶子（1878—1942），与谢野宽之妻，日本著名诗人、歌人。

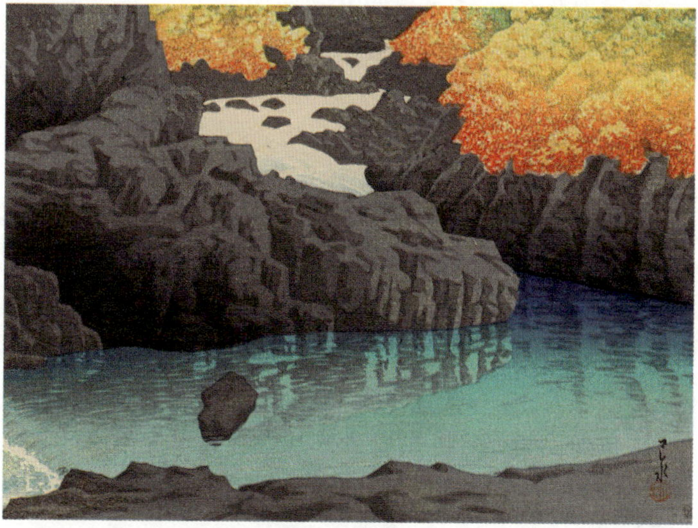

这些和歌也将我引向父亲的故乡。

大师名声远，犹似近身旁
座座峰峦踞久住，心驰神往映山光

身为僻乡人，稔知忒穷贫
亦想试问众山岭，为何秀丽多风韵

一如我身躯，不知去何处
忽地云雾逼近来，遮蔽久住群山无

与谢野宽的这些和歌也诱我去往久住山（亦作"九重山"）。

我虽也写过和歌《逆反的心》，但我并无对您的逆反之心。若说有逆反之心，也是针对我自己以及我的命运。即使如此，与其说是逆反之心，莫若说是一种悲哀之情。

何况事情已过三个月，我唯愿为您的平安祈祷，而不该给您写这样的信。我是把要写给自己的话以您为对象写出，写完后也许会弃之大海，抑或这将是一封永远写不完的信。

服务员正在一扇扇地给大厅的窗子拉上窗帘。大厅中除了我，只有两对年轻的外国夫妇在我对面的墙角。

因为是一人之旅，所以我订了一等船舱，我不喜欢与很多人在一起。一等舱是双人房，同住的是别府观海寺温泉旅馆的老板娘，据说是照顾完嫁到大阪的产妇女儿后回家。

她说在大阪睡不好，想在路上好好睡睡，所以选择乘船。刚从餐厅回来，她很快就上床了。

"小金丸"号从神户出港时，一艘名为"苏伊士之星"的伊朗轮船进了港，那船形状很特别，这位老板娘告诉我那是客货两用船。我想，难道连伊朗船都来了吗？

随着船的行驶，神户的城市和后山都渐渐没入暮色之中。已是夜长日短的秋季，入夜之后，船上在广播海上保安官的提醒：船上的赌局绝无赢家，受害者也将被罚……

今天非常可能会有赌局。

专业赌徒大概会住在三等船舱吧。

温泉旅馆的老板娘睡了，于是我来到大厅。两对外国夫妇中有一人是日本女子，她看上去也像是结过婚的样子。那几个外国人好像不是美国人，而是欧洲人。

我突然想，如果跟外国人结婚，嫁到遥远的外国就好了。

"想啥呢？"我吃惊地对自己说。即便是因为乘船，也没想到会有结婚之类的念头。

那个女子虽似出身不错，却为模仿老外的表情举止而十分做作，即使不说品位恶俗，让我看来也太勉强。难道她是因与老外结婚而时时有着一种自矜的意识?

不过,我在这三个月中并不知道自己的心为何不能平静,只是为自己在您家茶室前的水池摔碎志野茶碗的行为羞愧万端,觉得无颜见人。

"会有更好的志野陶。"当时我这样说,也确是这样想的。

您因得到母亲留下的志野陶水罐而开心,我便一时生出把筒茶碗也送您的念头,但后来想到会有更好的志野陶,我便后悔得难以自已。

我这么一说,您便认为我是只能把最好的东西送人。其实这个"人"仅限于菊治少爷——我对此坚信,因为执着于使母亲保持美好。

除了使母亲让人觉得美好,那时已经没有其他办法可以使死去的母亲和留下的我得到解救。在这种高度紧张和走火入魔的心态下,我为把并非太好的筒茶碗作为母亲的纪念物给您而后悔。

三个月后的现在,我的心情也发生了变化,不知是美梦幻灭还是丑梦清醒,我都觉得在摔碎那个志野陶器之时,母亲和我都已与您诀别。即便摔碎志野陶器让我羞耻,却也许是件好事。

我那时说茶碗口渗进了母亲的口红,如今觉得那似是一种疯狂的执念所致。

与之相关,我有过一段不快的记忆。父亲在世的时候，栗本师傅来我家，父亲拿出一个黑乐茶碗给她看，我不能确定那个茶碗是不是名叫"长次郎"。

"哎呀，瞧这霉斑……没好好收拾，是不是用过没洗就收起来了？"师傅皱着眉头说。茶碗的一面出现了斑点，颜色好似腐坏的菖兰花。

"用热水洗过，还是洗不掉。"

师傅把潮湿的茶碗拿在膝上盯着看，突然把手指使劲插进头发里，然后用油手转着擦拭茶碗，霉斑消失了。

"啊，好了。您瞧。"

师傅十分得意，父亲却没伸手，说：

"弄脏了。真恶心。"

"我去洗干净。"

"怎么洗都不行，不想再用它喝茶了。你要的话，就拿去吧。"

年幼的我坐在父亲旁边，也有了恶心的感觉。

听说师傅后来把这茶碗卖了。

女人的口红渗进茶碗口，我觉得跟这一样瘆人。

请您忘了母亲和我，跟稻村雪子小姐结婚吧。

……

二

十月二十日于别府观海寺温泉。

从别府乘火车经过大分去竹田较快，但我想近距离地看看九重群山，所以选了这样一条路线：越过别府背面的由布岳山麓，乘火车从由布院到丰后中村，从那里进入饭田高原，翻山往南，再从久住町去竹田。

尽管竹田是父亲的故乡，于我却是未知之地。如今父母都已不在，不知会不会有人以怎样的方式迎接我。

父亲说那是他心灵的老家，也许因为那里如与谢野夫妻的和歌所说，四方都被岩壁包围，出入都要钻过洞门。

若是母亲，也许会对我细说，但据说她只在我出生前随父亲去过一次。

我对您父亲和我母亲持原谅态度时，曾被认为是对我父亲的背叛。既然如此，我为何会被这虽为父亲的故乡于我来说却是异乡之地吸引而来？既是故乡又是异乡的地方是如今的我所恋的吗？或许我是觉得父亲的故乡中有着母亲与我的赎罪之泉吧？

《久住山之歌》中也有这样一首：

遥遥归乡途，来到父亲前
俯首叩拜大人后，继而仰望故里山

我想，当我谅解母亲和您父亲时，就已种下了之后母亲和我的错误。这大概宛如诅咒一样控制和折磨过您吧？可是，无论怎样的罪孽和诅咒都有止境，在我摔碎志野茶碗的那天，我想这一切都已结束。

我只爱过母亲和您两人。我说爱您，也许会使您吃惊，连我自己都会吃惊，可是我想，对此不再隐瞒，也许反倒是对"那位"安宁的一种祈愿吧。我不会因您对我所做的事而责备和怨恨，只会把这当作我的爱所受的最强的报复和最严的惩罚。我执着于自己的两种爱，一曰死，一曰罪，这大概就是我这种女人的命运吧？母亲已经以死得到清算，我则是身负罪孽而遁走。

母亲常说希望一死了之，当我阻止她见您时，她就威胁我说："你想要我死吗？"自从圆觉寺茶会与您见面之后，她便以自杀者的心情说这话。对此，我是从摔碎志野茶碗之日起开始明白的。与您的见面使她成了自杀者，但她却是靠着与您见面的希望维系着自己的生命，我对此阻拦，结果致她而死。摔碎志野茶碗之日开始，我也陷入自杀者的心境之中，所以对她越发理解。我想，若母亲未死，则我将死去；我之不死，正是因为母亲之死。

当时，我把志野茶碗砸在水池上后便晕了过去，正要倒在石头上时，您撑住了我。我叫了声"妈妈"，不知您听到没有，或许我并没叫出声来。

您让我别回去，又说要送我走，我都只是摇头，说了声"别再见面了",便逃也似的走了,路上一身冷汗,真的想死。我并非怨您,而是因为觉得已经走投无路,似乎自己的死与母亲的死相连相交,是理所当然的事。如果说母亲是因不堪自己的丑行而死,则我也想这样。然而,我有时也会觉得悔恨之火中会有莲花开放,因为自己爱您,所以您对我所做的一切都无丑恶可言,我愿如夏天的飞蛾一般扑向火焰。母亲因为自感丑恶而死,于是我就想要感受母亲的美好,也许就是因为这样的追求而失去了自我吧。

只是我与母亲不同,她与您相会一次以后,便再难抑制与您见面的愿望,我却仅因一次便梦幻破灭,爱刚开始便已结束。与其说是自己控制情感、悬崖勒马,不如说是自己被推被拒。

我觉得不能这样。母亲已死,我与您也已结束,您应该跟雪子小姐结婚了。我觉得这于自己来说也是一种解救。

您若再找我追我,我也会去自杀。这话听来也许有点自我,但我确实想把自己从您的周围抹去,正如我一心想要感受母亲的美好,以至忘却自我。

栗本师傅说母亲与我妨碍了您的婚姻,对此我在后来有了清醒的认识。师傅说过,您自与母亲会过以后,性格便完全变了。

砸碎志野茶碗的那夜,我一直哭到天亮,到了朋友家便约她一起旅行。

"怎么啦?眼睛都哭肿了……你母亲去世时都没哭成这样。"

朋友非常吃惊,与我一起去了箱根。

不过,无论是与当时相比或是与母亲死时相比,我小时候曾有更为悲伤的经历。栗本师傅来我家训斥我母亲,要她离开您父亲。我在暗处听到这话哭了,母亲便要把我抱到师傅面前,我不愿意,母亲说:

"妈妈不是被欺负了吗?我受不了你躲在背后哭,我要把你抱出去。"

我不敢朝师傅那边看,坐在母亲膝上,把脸藏在母亲怀里。

"哼,连孩子也搬出来演戏了?"师傅嘲笑道,然后又问我,"你应该明白三谷伯伯为什么来你家吧?"

"不知道,不知道。"我摇头说。

"不应该不知道呀。伯伯是有夫人的,你母亲做了不该做的事吧?伯伯的孩子比你还大,这孩子也会恨你母亲的。若被学校的老师和同学知道,是很丢人的吧?"

"孩子没罪。"我母亲说。

"若想孩子没罪,为啥不按没罪的方式教育呢?没罪的孩子可真会哭呀。"我那时十一二岁。

"你就没为孩子做过什么好事。可怜……难道是想让孩子在见不得人的环境下长大吗?"

当时幼小的我感受到的那种撕心裂肺的悲哀,超过了母亲的死以及与您的别离带给我的痛楚。

中午时分到达别府，于是乘巴士游了地狱温泉。拜船上同室之缘所赐，我得以投宿观海寺温泉。

今天早上的伊予滩之航非常平静。阳光照在船舱的窗上，我脱去外衣只穿衬衫，还是汗津津的。船进别府港，从左手的高崎山向右延展，群山环抱市镇，像是圆润的波峰，我觉得日本装饰画中有过这样的波涛。观海寺温泉在大山深处，从浴室可以一览市镇和港口，我惊讶于竟有如此开阔敞亮的温泉场。地狱温泉之游，巴士车票一百日元，门票一百日元，十五六处地狱温泉中有不少是私有的，还有名为"地狱组合"的行业协会。巴士绕一圈需要两个半小时。

地狱温泉中，"血池地狱"和"海地狱"的颜色用"妖艳""神秘"之类的形容都难以言状。"血池地狱"像是泉底喷出的血水融于透明的热水中，那血色是那样鲜活，而且化作热气罩着浴池。"海地狱"大概因池水颜色似海水而得名，但我没见过如此澄澈、平静的浅蓝水色。深夜在僻静的山间旅馆如此回想血池地狱和海地狱的奇异颜色，深感那就像梦幻世界之泉。设若母亲与我彷徨于爱情地狱，那里也会有那样的美泉吗？我因地狱的颜色而心醉神迷，请您谅解。

三

十月二十一日于饭田高原筋汤。

在高原深处的温泉旅馆,我在毛衣外套上了旅馆的宽袖棉袍,还是被夜间的骤冷逼得将肩探向火盆上方。旅馆好像是在火灾后匆匆重建的,门窗做工粗糙。我所在的筋汤海拔千米,明天要翻过一千五百多米高的山岭,住到一千三百多米高的温泉旅馆,所以我从东京出发时就做好了防寒的准备,但此地与我今晨离开的温暖的别府相比,差别何其大矣。

明天去九重山,后天还要去竹田,无论是在明天的旅馆还是到了竹田以后,我都准备继续给您写信,可是最想对您说的是什么呢?这些应该并非旅行日记,不知九重山以及父亲的故乡会让我说些什么了。

也许我会想与您话别,但我深知,对我来说,无言的告别才是最好的。我既觉得与您不曾说过太多的话,却又觉得似已说了很多。

每次与您见面,我都会求您原谅我的母亲。

我为求您原谅而初次去您家时,您好像早就知道母亲有我这个女儿,说过:

"我曾假想跟那位姑娘一起聊聊我的父亲。"

您还说过:

"希望能有机会再跟你聊聊我父亲,再聊聊你母亲。"

不曾有过那样的机会，而且永远失去了那样的机会。如果见到您时跟您谈到您的父亲或我的母亲，我想自己现在应该已经因悔恨和屈辱而颤抖。两个不能提及双方父母的人，难道可以相爱吗？写到这里，我的泪水已出。

十一二岁时，自从听到栗本师傅的责骂，那句"三谷伯伯有儿子"的话就深深刻在我的心中，可是我跟"三谷伯伯"从未提过他儿子的事，觉得不应该说，一个小女生也不好打听那个男孩是否去了战场。

自从空袭严重以后，您父亲常来我家，因为担心那个男孩也像我一样成为没有父亲的孩子，我便总是送您父亲回家。现在想来，他儿子已到可以入伍的年龄，我却总以为他还是一个少年，这大概也是由于初次听师傅谈到他时那种痛楚沁入心扉了吧。

母亲是个没用的人，所以我得外出购物。在那些粗野推搡的火车乘客中，我发现了一位美女，便紧挨在她身旁，从打哪儿来、买了什么之类的话题转向了自己的身世方面，美女说：

"我是人家的妾。"

也许因为她的爽快，于是女学生也说：

"我也是妾的孩子。"

那美女一愣，说：

"啊？不过，长这么大了，挺好的呀。"

她像是误解了"妾的孩子"之意[1]。我面红耳赤，没有重做解释。

那人挺疼我的，常常约我一起购物，我俩还从她老家新潟乡下运过米回来。我不会忘了她。

"长这么大了"，有什么好的？我连您父亲和我母亲的事都已经不能和您谈了。

传来了温泉湖的瀑布声。温泉水形成几条瀑布落下，被其冲打，可以治疗筋骨酸痛，故此才俗称"筋汤"[2]吧。旅馆房间没有浴池，于是前往公用大池。浴池位于涌盖山与黑岩山之间的山谷深处，夜间似有山气降临。今天看到山间美丽的红叶，不同于别府血池地狱和海地狱那种梦幻般的颜色。从别府后面城岛高原看到的由布岳也很美，而从丰后中村站往饭田高原攀登的路上，则可看到九醉溪的红叶。走完了十三道弯路再回头一看，逆光中山后和山襞的颜色阴沉，更加突出了红叶之美，从山肩射下的夕阳则令红叶的世界显得庄严。

明日的高原和大山也会有个好的天气吧。我在遥远的山间旅馆祝您晚安。我在旅途也已三天无梦。

从摔碎志野茶碗的那晚起，我在朋友家的三个月中多有不眠之夜。我在朋友家似已叨扰太久，留在上野公园后

---

1 日语中的"妾"既可指小老婆，也可指外室、情人。
2 日语中的汉字"筋"也有"条"的意思。

面出租屋里的少量行李，也是这位朋友帮我去取的。

也是听这位朋友说，取出行李的第二天，好像就有人搬进去住了，至于我为何要逃离并隐身，我对这位朋友也不能说。

我只能告诉她，我爱上了不该爱的人。

"但他也爱你吧？所谓被不该爱的人所爱，诸如此类的话大抵都是假话，女人总想编造这种谎言，不过你要是这么说，我权且可以相信，但是……"——朋友这话的意思大概就是这个世界上并无绝对不该爱的人。也许确实如此，比如像我母亲那样做好了赴死的打算……

然而，对于想要美化母亲这种死法的我，您应该是最了解我被带到了怎样的境地，即使我是主动而非被动地走到这个境地，究竟是否属于无心之过呢？对此我尚不清楚。能用"无心之过"形容自己所做之事吗？或者即使以旁观者的眼光来看，能说这是"无心之过"吗？神或命运在赦免人类所行之事时，能以"无心之过"为由吗？

也许我不该写在这里：我所托友人以前曾与男人之间有过过失，或许我是因此而托她去帮我取东西的，她也是因此而立即觉察到我的事情，但应不会了解我这种身陷漩涡般的懊悔。

也许我与母亲一样有种粗线条的性格，所以似乎渐渐变得开朗起来，于是朋友让我独自出来旅行了。

独自住在旅馆，比起跟母亲在一起或母亲死后自己的独处，我觉得更加轻爽，可是到了夜间，还是会因不安和孤愁而写这种没有投寄目标的信。自那以后我沉默了三个月，如今却又要说些什么呢？

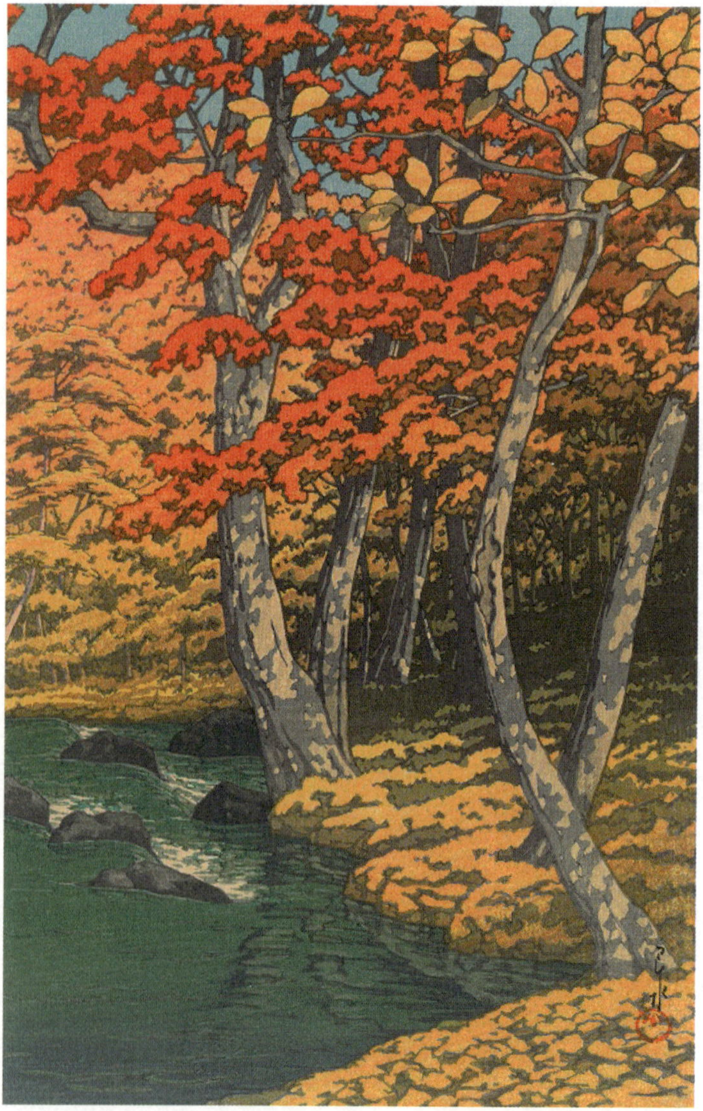

四

十月二十二日于法华院温泉。

今天翻过了一千五百四十米的诹峨守越岭，住在一千三百〇三米的法华院温泉，据说这是九州最高的山间温泉。我去竹田町的旅程也在今天越过了最高点，明天下山前往久住町，到达竹田。

不知是因为在高原日照下步行还是由于这里的硫黄气味太浓，今晚觉得有点累。除了这个温泉的硫黄，诹峨守越附近硫黄山的烟似也随着风向飘下来，据说在这里银制的手表之类一天间就会变黑。

昨晨的温度五度，今晨四度……旅馆的人说今夜比昨晚更冷。不知在早晨几点看了温度计，天亮前可能已经降到了将近零度。

不过，我订到了别栋二楼一个被树木包围的房间，连窗子也是防寒的双层，睡袍的棉花很厚，火盆的火也很旺，比昨晚在筋汤更舒服，只是仍能感到山夜森森的寒气。

法华院旅馆是山中的独栋建筑，信件和报纸都送不过来。听说这里离村子三里[1]，离最近的人家一里半。因为离学校也有三里，所以孩子到了上学的年龄，就必须寄住山

---

[1] 1日里约等于4千米。

下的村庄。

旅馆有两个孩子,听说哥哥六岁,妹妹四岁。或许因为我是单身女子,这里的老祖母来与我聊了很久,两个孩子也跟了来,争着要坐在祖母膝上,先是小的那个骑上祖母膝头抱住祖母,男孩想要推她,妹妹便吊在哥哥身上,使劲推搡,扭作一团。哥哥瞪大了眼睛,四岁的妹妹也怒目厉色,两人都是一副剑拔弩张的姿势。也许是因为山上强烈的阳光,两人的目光才如此强烈吧。

"附近没有孩子跟他们做伴吧?"我问。

"三里之内都没有孩子了。"

据说妹妹出生时哥哥说:

"妈妈明明是跟我睡,却还生下了她。"

在生下妹妹之前,哥哥说:

"宝宝生下后,我要睡在宝宝旁边。"

不过,男孩后来还是跟祖母一起睡了。冬天期间旅馆也许会停业,他们会住到山下村里去,可是这两个在山间独户中长大的孩子的那种强烈的目光还是吸引了我。那是一对长着圆脸的漂亮孩子。

我突然想到自己是独生女。

因为出生后就一直这样,所以已经习惯,平素没有什么感觉。或许并非全无感觉,只是不去深想,似乎连小女生那种想要有个哥哥姐姐之类的感伤都消失了,甚至连母亲死时,我都没有想到如果有个兄弟姐妹就好了,而是立刻给您打了电话，让您做了隐瞒母亲那种死因的同犯。事后想起，觉得您对母亲的死也负有责任似的……如果您是我哥哥，或许就不会那样做呢。我如果有哥哥，母亲也许就不会死，至少我不会陷入那样负罪的悲伤之中。现在思及此，我有种惊醒之感，作为独生女的我，一定是过分地依赖了您，而这种依赖本是不应当的。

作为独生女的我，独自寄宿山中的独户之家，此时被一种想呼唤哥哥的情绪所袭，即使不是哥哥，那么姐姐也罢弟弟也罢，只要是兄弟姐妹都行。想要呼唤不曾在这世上降临的兄弟姐妹，是不是有点荒唐呢？

说到独生子女，我居然至今才想到您也是一个人。您父亲即使到我家来，您家的事情也是禁谈的，所以没有说过您是独子，但有一次他对我说：

"没有兄弟姐妹挺冷清的，要是有个弟弟或者妹妹就好了。"

我顿时变得脸色铁青，浑身打战。

"可不是吗……太田临死前好像也为留下孤单一个女孩而觉得可怜。"

母亲老好人似的随声附和，但看到我的样子，似乎也倒吸一口凉气。

我感到憎恶和恐怖。大概是到了十四五岁吧，我已经清楚地知道了母亲的事情。我想，您父亲的意思是不是要生一个与我异父的孩子？今天再想，那恐怕是我的妄念吧。您父亲当时可能只是想到了也是独生子的您，或是觉得母亲与我母女相依未免孤单。然而，当时我却起了可怕的念头，决定若母亲生下孩子，我就要杀了那婴儿。动了杀人之念，于我来说那是绝无仅有的一次，但或许真的会去实行的。说不清是憎恶、嫉妒，还是愤怒，大概是少女那种单纯的惊悚吧。母亲似乎感知到了什么，补了一句说：

"我让人看过手相，说我命中只有一个孩子。这个孩子多好，一个抵上十个呢。"

"这话也对，不过……独生子女没有玩伴，性格容易内向，陷于自我之中，不利于人际交往。"

您父亲大概是见我沉默寡言，所以这样说的。我平时尽量不看您父亲，不跟他说话，一味躲着他。我像母亲，并非一个性格阴郁的孩子，但即使在欢闹时，只要您父亲一来，我顿时就不出声了。我想，母亲大概很为这种孩子式的抗议难堪吧。您父亲说的也许不是我而是您。

可是，那个我想杀掉的孩子如果生了下来，那会怎样呢？那是我的弟弟妹妹，也是您的弟弟妹妹呀……

啊，可怕。

我走过高原越过山岭，应该已经洗去这种病态的念头，我理应是在"棒天气"中走来这里的。

"天气真棒。"

"是呀，天气真棒。"

今晨从筋汤走出不远，就在路上听到人们交换着这样的问候。这一带好像把"好天气"说成"棒天气"，语尾发音还特别清晰。我的内心也在发出晴好的问候。

真是一个很棒的天气。延及路边的芒草茅草的花穗在朝阳中银光剔透，槲树的红叶也是光彩照人，左手山脚的杉林间则树荫沉郁。割稻的母亲在田埂铺上草席，让身穿红色和服的幼儿坐在上面，孩子身后的白口袋里装着吃食，玩具也放在草席上。这一带冷得早，插秧也早，据说插秧时还烤着火，可是今晨连草席上的孩子在阳光下也是一副暖洋洋的样子，因此我并没做什么御寒的准备，脚底还换了一双胶底的帆布鞋。

从筋汤出发，有各种各样的近路通向登山路和山岭，但我还是先到了饭田的邮局和学校附近，在高原中央望着九重群山从容而行，不用登山，只需沿着诹峨守越往法华院去，所以是一段腿脚轻松的行程。

所谓"九重"，从东数起，是黑岳、大船山、久住山、三俣山、黑岩山、星生山、猎师岳、涌盖山、一目山、泉水山等连绵山峰的总称，群山的北侧一带就是饭田高原。

虽说是群山北侧，但涌盖山等山脉绕向西面，崩平山等山脉又居于高原之北，所以饭田是被群山包围，或者说是被四周的山脉支撑，呈现一种有高原之称的圆润感，真像有一个美丽的梦幻之国在这里浮现。山上既有红叶，又有芒草的白色穗波，我却觉得高原泛着一抹柔和的紫色。据说高原海拔大概千米左右，东西和南北各为八公里方圆。

我的路线应该是从南到北。临近高原时，便可远远地看见前方的三俣山和星生山之间硫黄山的烟雾。群山清晰可辨，唯见右手涌盖山上空有淡淡的白云碎片在浮动。从东京出发时就冲着高原这"棒天气"而来的我，真的是很幸运。

过去我对于高原的了解，尽管仅限于信浓而已，但这饭田高原却如许多人所说，真是给人一种浪漫的怀念之感。它温柔、明亮，又发人遐想，让人觉得自己被它静静地环抱在怀。与南部相连的群山也温和而姿态优雅。走进别府港时，曾见群山绵延，环抱市镇，呈现一种圆润的波状，我被深深吸引；而在饭田高原所见九重群山，也给人一种就其高度来说难以想象的亲和感，这都是因为山形的配置保持着一种均衡吧。久住山高超过一千七百八十七米，是九州第一高山；大船山高一千七百八十七米，乃第二高山。这两座高山尚未显身，三俣山和星生山也高一千七百四十米到一千七百六十米，一千七百米以上的山好像有十座之多，然而，也许因为是在千米高原，而且是一些高度相差不大的山峰相连，所以看起来就显得平和，再加地属南国，离海不远，高原的色彩也就显得明快。

来到大概属于高原中段的长者原,我在松树荫下歇息许久。长者原上稀稀拉拉地散生着许多松树,我是被草原中的松树所诱。又走了一小段路,仍是在松树荫下,吃了一顿盒饭,此时大概已是两点时分,作为午饭算是晚了。我环视大片的红草,以我所在位置来看,受光处与逆光处的色彩有着微妙的差异。群山的色彩也各有不同,红叶色浓的山看似彩绘玻璃。我因此而有身处大自然天堂之感。

"啊,来这儿真好!"我几乎把这话说出声来。我流泪了,芒草穗浪的银光在泪眼中变得朦胧,但这泪水并未玷污而是洗净了我的悲哀。

我想您,并且为了与您告别而来到这高原,来到我父亲的故里。若让悔恨和负罪感缠绕对您的思念,我就无法与您告别,也无法从新的起点出发。来到遥远的高原,还是希望您能谅解我对您的思念,这样的思念是为了告别。漫步于草原,眺望着大山,我对您的思念绵绵不绝。

我在松树下静静地想您,长时间地一动不动,心想,如果这里是没有屋顶的天堂,我愿就这样升天而去。我失神落魄,呆呆地祈愿您幸福。

"请和雪子小姐结婚吧!"

我用这话与我心中的您告别。

我不会把您忘却,即使以后会在丑恶污浊的心境中想起您,我还是认为自己今天可以在这高原上,在对您的思念中与您告别。今天,母亲与我已经完全从您面前消失。

最后再一次向您道歉：

"请原谅我母亲吧！"

从饭田高原越过诹峨守越，好像要先登上三俣山脚的路，但我取道一条运送硫黄的路。随着距离的缩短，硫黄山的山貌变得可怕，在远处也可看到硫黄烟雾的喷发。山腰一带有硫黄喷出，一直到山顶都寸草不生，整座山都被烧尽，山岩山土一片荒芜发黑，那种暗哑的灰色和褐色也给人废墟之感。左手的小山是天然的硫黄矿，喷气孔上插有圆筒，可以刮取筒口像水柱般垂挂的硫黄。我穿过采矿场的浓烟，踏着裸岩，到达山口。

从山口下到北千里滨，回头一看，太阳已将降至山峰，在硫黄烟雾中如同白蒙蒙的月妖。路前方大船山漂亮的红叶如同一幅夕暮的织锦。沿着陡坡而下，就到了法华院温泉。

今晚写得很长，只是想把这别后清净的高原一日说给您听。请别对我挂念，睡个好觉。

五

十月二十三日于竹田町。

来到了父亲的老家。

今天傍晚穿过山中隧道进入竹田町。从法华院温泉下久住高原，再从久住町到竹田，乘巴士花了五十分钟。

我住在伯父家，那是父亲出生的地方。初次见到父亲出生之地，我觉得不可思议。来时虽有既是故乡又是异乡的感觉，但一见到肖似父亲的伯父，父亲十年前的面影就如历历在目，觉得无家可归的自己总算又有了家。

听说我从别府绕过九重山过来，伯父他们都很吃惊，似乎觉得能一人走山路、住温泉旅馆，真是个坚强的姑娘。我固然是想看山，但对来父亲老家也有犹疑之处：父亲死后，由于母亲的疏远，与父亲方面的亲戚已经处于难以照面的境地。

"你若从船上发电报来，我们会去别府接你的……这里离别府很近。"伯父这么说。我虽写信告诉他们要过来，却又觉得我们之间的关系没到可以用电报通知到达时间的份上。

"我弟弟死的时候，你几岁？"

"十岁。"

"十岁？"伯父看着我重复了一句，"长得真像你母亲。我虽与你母亲见面不多，但见到你就想起来了。不过你也有像我弟弟的地方，耳朵吧，毕竟还是太田家的耳朵。"

"我见到伯父您，也想起了父亲。"

"是吗？"

"我若上班，就没法出来旅行了，所以想在那之前来看你们一次……"

成为孤儿的我，不想让别人认为自己是要来商量今后的安排。我对伯父一无所求。伯父没来吊唁母亲，既是因为从九州来不及赶上葬礼，也是因为我未曾发送讣告，但是……

我想来一次父亲的老家，仅仅是为了与您告别，因为您跟母亲的牵连。我要逃离母亲那疯狂的爱情漩涡，回归对父亲的回忆之中，这种回忆是健康的。不过，在这岩山包围的小镇，每当进入夕暮时分，也会有一种落败者隐居般的寂寞感。

今晨在法华院有点睡过了头。

旅馆的人来打招呼，说孩子一大早就在楼下"骚动"，是不是扰了我的觉。其实我啥都没听到。

在准备早饭时，那个目光炯炯的女孩也跟来了，贴近祖母坐着。听说她今早从正屋与偏屋之间的桥上跌落，有十五尺[1]的高度，幸而落在三块岩石的正中，捡回一条命。

1　日尺长度与中国市尺大致相同，1 市尺长约 0.33 米。

听说被救上来后，她哭着说木屐被冲走了。有人跟她打趣，让她再下去看看，她便说没衣服换，不干了。

小河岸边的岩石上晾着女孩的衣服，那是一件红色的棉坎肩，上面粗糙地染印着蓝色碎花和蝴蝶、牡丹图案。看着朝阳照在红色的棉坎肩上，我感受到生命的温暖。巧巧地落在三块岩石之间，那是怎样的幸运呀。三块岩石间的空当窄得只能容得下一个幼儿的身体，万一稍有偏差，便会砸在岩石上，即便不死，大概也会落个残疾。孩子却似不知这种危险和可怖，身上也无一处疼痛似的，一副满不在乎的样子，让人觉得大难不死的是她又似乎不是她。

我没能让母亲活着，然而想到是什么让我还活着，便更深深地在内心祈愿您幸福。我想，在人类所犯污行和罪孽的岩石之间，也会有救赎之地吧，就像让这坠落的孩子得救那样。

我希望能有这孩子的幸运。带着这样的心情，抚摸着孩子浓密的头发，我离开了法华院。

大船山的红叶实在太美，于是我走访了坊鹤，这是三俣山、大船山、平治岳等围成的一块盆地。今天是在和昨天相反方向看三俣山的。我一直走到筑紫山岳会的马醉木小屋附近，在马醉木的群落中生长着可爱的玉柏石松，有点像桧叶金发藓，两三寸高。我还发现了越橘和岩镜草。大船山红叶间的那些黑花据说都是杜鹃，树不高，但听说有的树一株的枝叶铺开，能占六铺席大小的空间。坊鹤也有不少雾岛杜鹃树，这里的芒草又细又矮，穗长只有一寸左右。

听说山顶温度今晨降至零度，但在坊鹤向阳处，我觉得红叶的颜色也给盆地带来了温暖。

我回到旅馆附近，从白口岳和立中山之间的鉾立岭下到佐渡洼。这是个形似佐渡岛的盆地，有着许多干枯的蓟草。从佐渡洼沿锅破坂下到朽网别，视野便开阔起来，可以展望久住高原。在锅破坂往下走时，我是踏着石径在杂木丛中穿行，耳畔唯闻自己脚下踩踏的落叶声响。

沿途见不到人，我感受着独自踏着大自然行走的足音。到了朽网别，左侧清水山的红叶也美丽而繁茂，从这里本应能见阿苏的五岳，却因云遮而未得，依稀可见祖母山和与之相连的倾山，可是，久住高原是方圆二十公里的草原，远接阿苏以北的裾野、波野原，非常开阔，从南边回望九重（或久住）群山，也是云遮雾障。我从高及没背的芒草丛中穿过，经过放牧场，到达久住街镇。

久住的南登山口有一旧寺遗迹，其名甚奇，曰猪鹿狼寺。猪鹿狼寺也好，法华院也好，都是具有几百年历史的灵地，九重群山就是灵地，我觉得自己也是经过灵地而来，颇有一种幸运之感。

伯父家人都已入睡，我仍像在旅馆似的独自写信，但总有搁笔之时。

晚安。

六

十月二十四日于竹田町。

每当丰肥线的列车在竹田町到达或出发时，就会听到《荒城之月》[1]的歌声。此间传说泷廉太郎倾心于竹田町的冈城遗迹，为《荒城之月》作了曲。泷的父亲大约于明治二十年（1887年）做过这一带的郡长，所以廉太郎也进过竹田町的旧制高等小学，少年时大概是去城楼旧址玩过的吧。

泷廉太郎死于明治三十六年，时年二十五岁，是照虚岁算的，我后年就是这个岁数了。

"希望二十五岁就死。"我想起在女校时同学之间说过这话，既像是同学说的，也像是我说的。

《荒城之月》的词作者土井晚翠也于今年去世，所以听说在我来此地之前稍早时，竹田町曾于冈城旧址举办过晚翠的追悼会。似有曲作者廉太郎与词作者晚翠曾在伦敦一晤的佳话，那是很早以前的事了，当时我父亲也还年幼。不知年轻的诗人和音乐家在异乡的邂逅与《荒城之月》的作曲有无关系，但两人留下了美好的歌曲，如今已无人不唱《荒城之月》。然而，我与您的一次相会留

---

[1] 《荒城之月》，日本家喻户晓的歌曲，创作于明治时期，土井晚翠作词，泷廉太郎作曲。

下什么呢？

我突然被自己的这种念头所惊，觉得自己怎能与泷廉太郎这样的才俊相比。会有这样的痴念，会给您写这样的信，也许都是缘于自己在父亲家乡时的一种安定感。不过，您可曾想过女人或许会因不知恐惧还是欢悦而内心战栗？您的内心浮现过与我一样的不安吗？那种意想不到的战栗使我感到自己是个女人。我甚至做过这样的梦：不告诉您，瞒着您，我一人把孩子带大。我做出这种虚妄的思想准备，似乎也是作为那种母亲的女儿最终应受的因果报应吧。您吃惊吗？作为女人，仅此已足以使我消瘦，但这种不安并未持续很久。

在竹田町听到《荒城之月》，我想起的只不过是那一次的颤抖。

四方环山岭，山岩多嶙峋
中间坐落竹田镇，爽秋河川伴清音

今天本想逛逛街镇，过了那座河川清音不绝之桥，又传来《荒城之月》的歌声，将我引往车站方向。那是车站的什么地方在放唱片，昨天我没乘火车，而是坐巴士从久住町过来，所以没注意到这歌声。

河川就在车站近前，从车站返回桥上，歌声仍在继续，于是我扶着栏杆驻足良久，凝望河川。河滩的大岩石上竖着柱子，突出于河面，河边有一排小屋，还有女人在岩石边洗衣服。车站后面近处也是岩壁，岩壁上有细瀑布似的水柱流下。山岩上一片红叶，但其间处处可见残绿仍在。

我漫步于父亲的街镇，同时在思念着您。父亲的故乡于我已不陌生，昨天傍晚到达时并不知道，今早一看，这真是一个小镇，无论走向哪个方向，迎面都是岩壁，我也有一种四方全被置于岩山之中的感觉了。

昨晚，看到伯父所用旅馆的火柴盒上印有"山紫水明，竹田美人"的字样，我笑道：

"像京都了。"

"竹田美人真是名不虚传呀。古琴、茶道……这里从前就是各种游艺兴盛之地，连水也美，镇中屋檐下流淌的小沟，在这里都称作'井出'，你爸爸小时候早晨就是在这'井出'边漱口，洗碗也用这水。"

人口只有一万左右的小镇却有十几座寺院和近十座神社，凭此大概也可算是小京都了。

伯父说竹田美人已经不在了，并跟我列举那些已经作古和去了东京的人，但我走在街上看，还是觉得这里的女人都很清秀。走近镇外的隧道时，尽管是漫山红叶，但矗立在隧道对面出口的岩石上却长着青苔，我还看到一个身穿白色毛衣的漂亮女孩从那苔绿前走来。

一条商店街通过镇中央，街面是柏油路，那些铃兰花造型的街灯显得冷寂。从商店街横转便是清静的古镇,那些岩壁似乎立刻又迎面而来。这里有石崖、白色的仓房和黑色的木板墙,有些墙壁已摇摇欲坠,让人觉得真是一个古镇,其实据说这个街镇在明治十年的西南战争[1]中已被烧尽,只在山脚还留着屈指可数的一点老屋。回到伯父家,一谈起镇子的事,伯母就说:

"文子真还走遍了整个镇子呀?"

田能村竹田[2]的旧居、田伏宅邸遗址的天主教隐秘教堂、中川神社的圣地亚哥钟、广濑神社、冈城遗址、鱼住的瀑布、碧云寺等名胜,我只用不到半天时间就走遍了。

如今竹田町似乎还有很多人以"竹田先生"称呼竹田[3]。昨天我从久住过来所走的那条路,从前走过大名行列[4],也是竹田和广濑淡窗[5]等许多丰后文人往来之道。赖山阳[6]来访竹田,走的就是这条路。竹田旧居还存有他与山阳享用煎茶的茶室,这间茶室与主屋之间的庭院里,芭蕉的黄叶枯叶曝晒于阳光之下,桐树叶也已发黄。主屋前有一块菜地遗址,据说竹田就是用这里的蔬菜招待山阳

---

1 西南战争,1877年2月至9月间,幕府平定鹿儿岛士族反政府叛乱的一次著名战役,终止了明治维新以来的倒幕活动。
2 田能村竹田(1777—1835),江户时代后期南宗画(文人画)画家。
3 竹田,即田能村竹田。
4 大名行列,江户时代诸侯(大名)因轮流谒见主君而携大队往返于江户和领地之间的长队。
5 广濑淡窗(1782—1856),明治时期著名儒学家、诗人、教育家。
6 赖山阳(1780—1832),明治时期著名汉学家、诗人。

的。竹田纪念馆的画圣堂虽是新建,里面也有茶室,据说用的是抹茶,还挂着竹田的南画。

天主教的隐秘教堂靠近竹田庄,是在竹林深处的岩壁上凿开的一个很大的洞窟,圣地亚哥钟上写有"1612 SANTIAGO HOSPITAL"的字样。

竹田的昔日城主是天主教徒。

竹田庄的庭院里有织部灯笼[1],一条小路稍有向上的坡度,沿小路右转就是竹田庄的石崖,而左转处的房子里则据说住着古田织部的子孙。经过这里时我心中怦然,传说古田织部的儿子来竹田后就在这里定居,这里确实是昔日武家宅邸所在之地,名曰上殿町也。

我不能忘记,在圆觉寺茶会初见您时,雪子小姐问起用什么茶碗点茶,近子说就用那个织部碗。

栗本师傅说那是您父亲喜欢的茶碗,后来送给她了,其实在您父亲之前,那茶碗是我故去的父亲的,我母亲让给了您父亲。雪子小姐用那黑织部茶碗点茶,您用它喝了茶。仅此就令我抬不起头来,但那是为了什么呢?

母亲接着也用那茶碗喝了茶,她是喝下了命运的毒药吧?

没想到那次茶席间的事情在来到父亲家乡后又历历被

---

[1] 织部灯笼,一种石灯笼,据传为茶道家古田织部所喜。

我想起。如果那黑织部茶碗仍在师傅手里，请您把它要回并让它不知所踪。请您把我也权当不知所踪了吧。

父亲的镇子已被我看过一遍，我要离开竹田町了。我之所以絮絮叨叨地写下镇上的事情，也是因为觉得自己不会再来了，因为想在父亲的家乡与您话别。我没打算寄出这信，即便寄出，也是将它作为最后一封信了。

冈城遗址除了石崖没留下任何东西，但在险要的高地上可以看到很好的景观，晴好的秋日里可以观山，祖母山、倾山等山以及相反方向的九重山中的大船山，山顶都只罩着一层薄薄的白云，我过来时走过的高原和山口就在那个方向。我在高原的松树下和芒草的穗浪中一直想念着您，觉得此时已可与您告别。虽说我已应从您面前消失，但作为女人来说又着实太难，以至我现在还在恋恋不舍地与您说着告别的话。您原谅我，睡个好觉吧。

我在旅途的信中写了希望您跟雪子小姐结婚，但那是您的自由，我和母亲都不会给您的自由和幸福造成任何障碍。请您绝不要再寻找我了。

六天的旅途中一直在写些无聊的事情，真是个絮叨的女人。我希望您理解我走上了与您的告别之途，可是语言何其空洞，我又希望您能理解一个女人唯愿留在您近旁的心情，这后一种希望与现在我的行动是相悖的。我要从父亲的家乡出发，走上一条新的道路。再见。

七

菊治在近一年半前读过文子的信,现在在与雪子新婚旅行回来后再读,对于文子所说的理解已大不相同。

然而他又说不清不同在哪里,难道就因为语言是空洞的吗?

菊治走到新居的庭院,把文子的一扎信件点着了火。庭院里没有像样的东西,只是用简陋的板墙围出了一块不大的空地。

信札已经受潮,不易燃着。

他解开成捆的信件,让它们散开,然后匆匆擦着火柴。文子字迹的墨水渐渐变色,成灰后仍有字迹残留。

"让话语烧掉吧。"

菊治把信纸一张张地放在火上烧。

在这些信纸烧着的时候,文子的话语会变成怎样的呢?菊治为避开烟熏而侧过脸去。冬日的斜阳照在板墙的一角。

"旅行得怎样?"

廊下突然传来栗本近子的声音,菊治打了个寒战,说:

"干吗呀?别出声!"

"也不回个话。都说新婚夫妻会被小偷惦记着呢。女佣也还没来吗?是不是要过一段时间二人世界呀?雪子表现不错吧?"

"你听谁说的?"

"是说您家的地址吗?蛇有蛇路呗。"

"真是条蛇!"

菊治愤愤地说。

父亲死后,近子也曾不请自来到过菊治家,而她又出现在这个新家中,更让菊治增添了新的厌恶。

"可是,寒天里不能让雪子小姐碰冷水呀,我是来帮忙的。"

菊治头也不回。

"在烧啥呢?文子的信吗?"

剩下的信在菊治的膝上,他又是蹲着的,所以照理说近子是看不见的。

"若把文子的信烧了,也会觉得好受些吧。这样挺好。"

"我已落拓到住在这种房子里,你也没必要再来了,我先在这里给你打个招呼。"

"我不会碍您事的。最初给您和雪子小姐搭桥的就是我,真不知做了多大一件好事。我这下也放心了,以后就纯粹是来给您尽义务了。"

菊治把剩下的信揣进兜里,站起身来。近子看了看菊治,便在走廊一端站住,一只脚像是准备后撤。她说:

"啊呀,您的脸色干吗那么可怕?我是考虑到雪子小姐的行李大概还没整理,于是想来帮忙的……"

"你也太照顾了。"

"谈不上照顾。您就不能理解我的一片奉献之心吗？"近子就地瘫坐了下来，耸起左肩时有点气喘，一副怯怯的样子，"您太太是回老家吧？为什么把她一人留在那里，您这么急着回来？真让我担心呀。"

"你连雪子家都去转过了？"

"我想去祝贺的。如果做得不对，我给您赔不是。"

近子说完，窥视着菊治的脸色，菊治于是压下怒气，说：

"哦，那个黑织部还在吧？"

"您父亲给的那个？在的。"

"既然在，就让给我吧。"

"好的。"近子充满疑意的眼神接着又因怨怼而变得黯然，"好的。您父亲的东西，我本是要珍藏一辈子的，但既然您一定想要，我就今天或者明天……您又要办茶会吗？"

"我要你马上就拿来。"

"知道了。烧了文子的信，您是要用黑织部喝上一碗。"

近子低着头，出去的时候手中的动作像是要拨开什么似的。

菊治又下到庭院中，手在发抖，连火柴都难擦着。

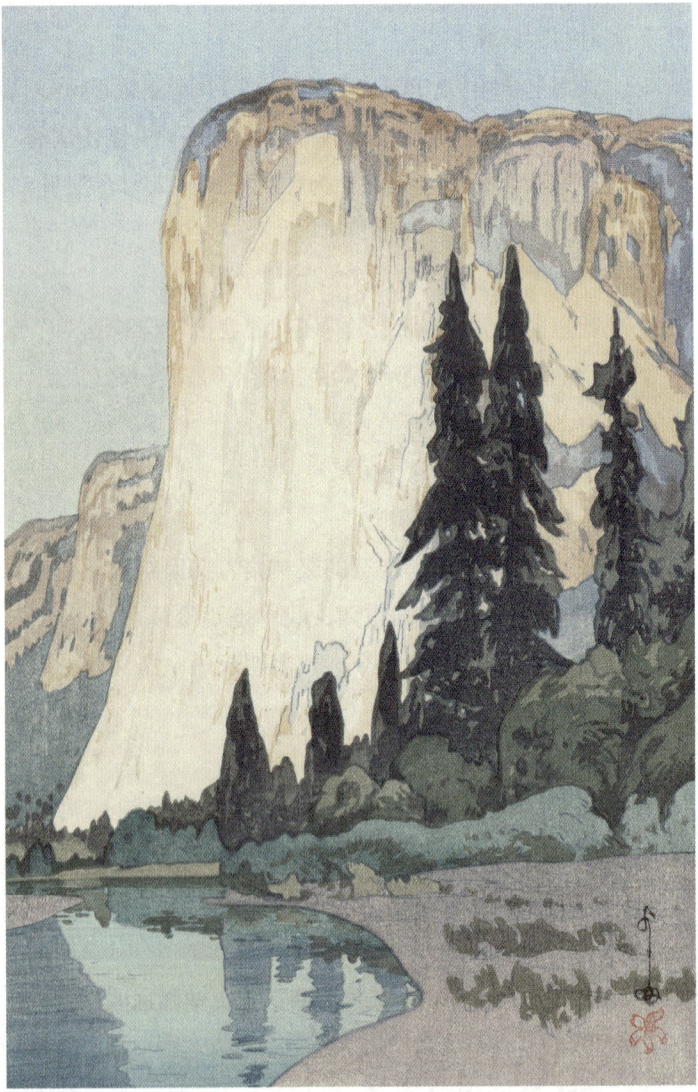

新家庭

一

在日常生活中,雪子是个很有活力的女人,但菊治注意到她现在常会对着钢琴发呆。

在这个家中,钢琴像个庞然大物。

这钢琴的制造厂家与菊治刚搭上关系。菊治的父亲曾是乐器公司的股东,这家乐器公司战时也曾一度转产兵器。战后,公司的一位技师立意生产自己设计的钢琴,并因菊治父亲的前缘而常来与菊治商议,菊治为此投入了卖房款等作为资金。

于是这家小厂的试产品就有一台来到了菊治的新居。雪子自己的钢琴留给了老家的妹妹。因为老家也不至于不能为她妹妹再买一台钢琴,所以菊治曾对雪子说过两三次:

"这台钢琴如果不合适,就把你原来的那台要来好了,我不会有意见的。"

菊治这么说,是猜想雪子对着钢琴发呆,是不是因为不满意这台钢琴。

"这台挺好。"雪子好像对菊治的话感到意外,"我虽然不是很懂,但调音师也夸过这琴吧?"

其实菊治也知道应该不是因为钢琴,况且无论从热情还是懂行的方面来说,雪子都没达到可以挑拣钢琴的程度。

"我见你坐在钢琴前发呆,"菊治说,"像是这琴不合你意。"

"跟钢琴无关。"雪子回答得很干脆,本来应该继续说出原因,突然又改换了话题,"您发现我发呆了?什么时候看到的?"

那间西式房间照例在玄关旁边,放在那里的钢琴,无论从起居室还是从二楼菊治的房间,都是看不见的。

"我以前在自己家,那里闹得要命,根本没有发呆的机会。能够发发呆,真是难得的呀。"

双亲都在,再加上兄弟姐妹聚在一起,客人来往也多——菊治想起了雪子娘家的热闹场面。

"可是,我以前见到你时,你给我留下的倒是一种话不多的印象。"

"是吗?我可是个话痨,只要跟母亲和妹妹在一起,几乎就没有不说话的时候,而且三人中总有人在说话。不过三人中也许我算是话最少的一个,有时觉得母亲在客人面前话太多,我就不吭声了。母亲的那些客套话,您也听过的,大概连您也会厌烦吧?如果一直待在母亲身边,或许能变成一个沉默刻板的女孩,可是妹妹偏偏跟母亲挺合拍的。"

"你母亲大概希望你能嫁到更体面的人家吧?"

"是的。"雪子坦率地点点头,"我来这里之后,说的话好像还不到在家时的十分之一。"

"因为你白天一人在家。"

"即使您在家,也不会那样赶着说话吧?"

"是呀,出去散步时话就多了。"

菊治说着,想起晚间两人去街上散步时,雪子像是忘记了这段时间的寒冷,兴致勃勃地不断说话,一靠过来就主动地牵他的手。雪子是不是一出家门就有一种解放的感觉呢?

"现在我一个人不出去散步了,可是在娘家的时候,外出一回家就会把在外遇到的事一件件说给母亲听,然后还会再对父亲说一遍。"

"你父亲也挺开心吧?"

雪子凝视着菊治点点头,说:

"有时我跟父亲一说,母亲就等于把同样的话听了两遍,于是就会偷着乐。"

离开了这样的亲情,来到菊治身边,坐在简陋的起居室里——菊治至今仍对这样的雪子有所不解。

雪子的睫毛间有浅色的小黑痣,菊治也是在两人一起生活后才发现的。

在菊治的眼中，雪子的牙齿美得光彩照人，这种感觉也是住在一起之后才有的，与她接吻也是因为被这牙齿的清纯所打动。

抱着逐渐习惯了接吻的雪子，菊治有时会突然涌出泪水。两人的亲昵至接吻而止，这也让菊治对雪子产生一种无上的珍重和怜爱感。

可是，对于止乎接吻的关系，雪子似乎不像菊治那样懊恼和焦虑，她在婚姻方面应该不会无知，但仅是接吻和拥抱，对雪子来说似已十分新奇，已是爱的全部——这就是她对菊治的回应。

菊治有时也会反思这种新婚生活到底是否属于不自然和不健康，这种反思甚至令他苦恼。

雪子从菜场买来萝卜和水菜，甚至连这些蔬菜的绿色和白色都会让菊治觉得新鲜。仅此也是幸福吧？在老房子里跟老女佣一起过日子时，他从不曾看过厨房里的蔬菜一眼。

"您一人住那么大的房子，不寂寞吗？"

刚搬过来不久，雪子这样问过。菊治简单地把这短短的问话当作对他的体恤，这种体恤甚至追溯到他的过去。

菊治早晨睁开眼时，如果雪子不在旁边，就会突然有一种孤单的感觉。早晨需要准备早饭，雪子的早起其实是理所当然的，但菊治醒来时若能看到雪子的睡姿，就会被一种温馨感包围，他甚至因此而努力比雪子早醒。旁边的被子里若没有雪子，菊治甚至会被一种不安所袭。

有天傍晚，菊治一回家就说：

"雪子，你在用 Prince Matchabelli 牌香水吧？"

"啊，怎么啦？"

"为钢琴的事见了一位女客人，是她说的，居然有鼻子这么好的人。"

"香水味怎么会跑到您身上去了？"雪子闻了一下拿在手中的菊治的外衣，若有所悟地说，"香水瓶放在衣橱里，忘记拿出来了。"

二

二月末的一个星期日，下了三天的雨终于在黄昏前停了，但还低垂着蓬松的乌云，一层浅粉色在空中铺开。栗本近子抱着黑织部茶碗来了。

"嘿，我把这个珍贵的纪念品茶碗拿来了。"说着从双层盒子里取出茶碗，双手捧着看了一会儿，然后放在菊治膝前，"马上正好是用它的时节，上面画着嫩蕨的图案。"

菊治没把茶碗拿起来，只是说道：

"在我忘了时才拿来。那天我让你当天就拿来，你却没来，本以为你不会拿来了。"

"这是早春时节的茶碗，我在冬季里拿来，也没啥用吧。何况一旦到了要放手时，毕竟还是依依不舍的……"

雪子沏了粗茶端来。

"这可不敢当呀，太太。"近子夸张地说，"太太，没有女佣，就这么过冬的吗？您也真能吃苦呀。"

"我们是想过一段两人的生活。"

雪子说得干脆，让菊治吃了一惊。

"佩服！"近子只顾点头，"太太，您还记得这个织部茶碗吗？印象很深吧？我把这作为贺礼送来，是最合适不过的了。"

雪子探问似的看着菊治。

"太太也请坐到火盆旁来吧。"

近子说。

"好的。"

雪子靠近菊治坐了下来,与他肘挨着肘。菊治忍着没笑出来,对近子说:

"白送可不敢当,还是卖给我吧。"

"那怎么可以呢?您想想看,您父亲给的东西,我再怎么潦倒,又怎能卖给您呢?"近子接着又切入正题,"太太,好久没欣赏您点茶了,没有第二个女孩能像您点茶时那样朴实而又高雅。此时,我的眼前又浮现出您在圆觉寺茶会上用这个织部茶碗第一次为菊治少爷点茶的情景。"

雪子没吱声。

"您若能再用这织部茶碗为菊治少爷点茶,我把它送来也就值得了。"

"可是家里已经没有任何茶具了。"

雪子低着头回答。

"可别这么说……点茶只需有茶筅就够了。"

"哦。"

"您要珍惜这织部茶碗。"

"是。"

近子看着菊治的脸说:

"说是茶具都没有了,但水罐是有的吧,那个志野陶的？"

"那个用来插花了。"

菊治忙说。

太田夫人留下的水罐，菊治毕竟也没卖掉，搬家时带过来了，收在壁橱里，已被菊治忘了，此时被近子提醒，菊治心里一惊。

这让菊治想到，近子对太田夫人的憎恶似乎还未消除。

雪子把近子送到玄关。

近子在门口看看天空说：

"城里的灯光好像照亮了整个东京的天空……天已变暖，真好啊！"

说着，她耸起一边肩膀，摇摇晃晃地离去。

雪子坐在玄关处不动，说：

"一口一个太太，故意似的，我不喜欢。"

"确实讨厌。应该不会再来了。"菊治也在玄关站了一会儿，"不过，她有句话倒是说得不错：'城里的灯光好像照亮了整个东京的天空。'"

雪子走下台阶打开玄关的门，望了一下外面的天空，正要关门，回头看见菊治也在看着天空，便踌躇了一会儿，问：

"可以关门了吗？"

"啊。"

"确实变暖了。"

回到起居室，织部茶碗还放在盒子外面。菊治等雪子把它收起，建议去街上看看。

他们走上高坡的住宅街，在没有行人的地方，雪子主动来牵菊治的手。她平时做事虽然注意手的保养，手掌却还是被冬天的冷水刺得粗硬。

"那个茶碗，您不要她送，想要买下来？"

雪子突然说道。

"啊，是要卖的。"

"是吗？她是来卖茶碗的吗？"

"不，我要把它拿去茶具店卖了，把卖的钱给栗本就行了。"

"哎呀，您要卖？"

"你参加圆觉寺茶会时不也听说了吗，刚才栗本也说了，那个茶碗是我父亲给她的，在我父亲之前，为太田家所藏。正因为这茶碗有过这样的因缘……"

"可是我倒不介意这些。既然是好茶碗，不妨还是留着吧。"

"茶碗无疑是好的，但正因为是个好茶碗，为茶碗自身考虑，最好还是把它交给适合的旧货店，最后让它去到一个我们不知所踪的地方吧。"菊治无意中用了文子信中"不知所踪"这几个字。他把茶碗从栗本近子那里要回来，也是按着文子信中的话去做的。"那个茶碗有着它自己的了不起的生命，所以应该让它离开我们存活下去——我说的我们并不包括雪子你——那个茶碗自身那种坚强的美虽不与什么不健康的妄执纠缠，但它带给我们的记忆却是不好的，那是因为我们用带着邪念的眼光去看它。我说的我们，最多不超过五六个人，而很久以来也许曾有数百人用正确的方式珍惜、维护过它。那茶碗问世以来大概已有四百年了，所以在太田家、我父亲及栗本手中的时间，以茶碗的寿命来看是很短的，如同掠过一块薄云时形成的阴影而已，只要把它交到健康的主人手中就行。即使在我死后，那个织部茶碗仍在某个地方保持着它的美好形象，那该多好呀！"

"是吗？既然您这么认为，不卖不好吗？我不介意的。"

"别舍不得。我对茶碗从来没有什么执念，而是希望能以那茶碗来洗去我们的污垢。它在栗本手上也让我觉得糟心，就像那次在圆觉寺茶会上看到被她拿出来时。茶碗不应为人间的丑恶因缘所缚。"

"听起来茶碗好像比人了不起呀。"

"也许如此。我虽不是很懂茶碗，但既然是有识者几百年传下来的，我就不能把它砸了。还是让它不知所踪为好。"

"作为寄托着我们记忆的茶碗，我不介意把它留着。"雪子用清澈的声音重复道，"即使现在我也还不懂茶碗，但今后若能经常见到那茶碗，不也挺开心的吗……以前的事无所谓了。如果卖了，今后想它时不会寂寞吗？"

"不会的。那茶碗命定是该离开我们而不知所踪的。"

由茶碗说到命运之类，菊治心如针刺似的想起了文子。

他们走了一个半小时后回到家里。

在把火盆里的火种移向被炉时，雪子忽然用两个手掌捂住菊治的手，似是让他感受自己右手与左手的温差。

"要吃栗本师傅带来的点心吗？"

"不要。"

"是吗？跟点心一起，她还送了釅茶，说是从京都带来的。"

雪子体恤地说。

菊治站起来，把装着织部茶碗的包袱收进壁橱，看见壁橱里的志野水罐，便想也跟茶碗一起卖了。

雪子在脸上抹了晚霜，取下了发夹，准备睡觉。她抖散了头发，边梳边说：

"我也把头发剪短了吧？好吗？总觉得不好意思让人看到后脖颈。"

说着撩起后面的头发让菊治看。

大概是口红难以擦掉，她把脸靠近镜子，轻启嘴唇，用纱布擦了后又对着镜子照了照。

黑暗中，他俩互相温暖着对方。菊治坠入深思，不知这种对神圣憧憬的冒渎将持续到何时。但是，最纯洁之物是不会被任何东西玷污的，因此一切都可原宥，但这难道是可能的吗——各种自我宽解的想法出现在他的脑海。

雪子入睡后,菊治抽出了自己的胳膊,可是离开雪子的体温又让他感到一种可怕的孤寂。还是不应结婚——一阵切齿的懊悔在旁边的冷被窝里等待着他。

二

接连两天的傍晚，天空都铺着一层朦胧的浅桃色。

菊治在下班回家的电车里，看到新落成的大厦窗里的灯光都是一色的白蒙蒙，正琢磨是怎么一回事，又想到可能是日光灯。大厦里所有的房间都亮着灯，透着新楼的喜庆。那大厦的斜上方挂着已近盈满的月亮。

菊治快到家时，天空的桃色像是被吸引到日落的方向，西沉为一片晚霞。

在自家门口的拐角处，菊治略有不安，伸手到外衣的内袋去摸一张支票。

雪子从邻居家出来，小跑着进了自己家。菊治看到了她的背影，而她没发现菊治。

"雪子，雪子。"

雪子走出门来。

"您回来了？刚才看到我了吗？"说着她脸红了，"妹妹把电话打到隔壁了……"

"哦？"

菊治没想到，什么时候开始要别人家代传电话了？

"今天傍晚的天色也跟昨天一样，比昨天还要晴好，所以也更暖和。"

雪子抬头看天。

换衣服时，菊治拿出支票放在茶柜上。

雪子低头在收拾菊治脱下的衣服，说道：

"妹妹来电话说，昨天是周日，本来准备跟父亲一起来的……"

"来咱家？"

"是呀。"

"要是来就好了……"

菊治若无其事地说。

正在刷裤子的雪子停下了手。

"您虽这么说……"她像是要反驳，"我之前写信让他们暂时别来的。"

菊治满腹狐疑，正要反问为什么，却又立刻回过神来：因为他们还没有完全成为夫妻，所以雪子害怕父亲过来。

然而，雪子立刻又抬头看着菊治说：

"父亲想来，我想请他们一次。"

菊治怯于直视雪子的目光，答道：

"不请自来不是挺好吗？"

"毕竟是女儿嫁出去的地方嘛……不过，好像也并非如此。"

雪子的话反倒显得开朗。

菊治或许比雪子更加害怕她父亲过来。在雪子提起这事之前菊治虽没意识到，但自结婚以来，他还没招待过雪子的父母和兄弟姐妹，甚至可说几乎忘了雪子的娘家亲人。菊治就是如此纠结于自己与雪子的异常结合或者可说尚未结合，所以无法想到雪子以外的一切。

只是，让菊治无能为力的原因也许是：对太田夫人和文子的记忆一直如幻蝶般萦绕在他的脑海，让他觉得自己头脑的深暗处有蝴蝶在飞舞，这并非太田夫人的幽灵，倒似菊治自身悔恨的化身。

可是，雪子写信劝阻父亲过来，这足以让菊治体察到雪子暗自的悲哀和困惑。正如栗本近子也不解的那样，雪子在不雇女佣的情况下度过冬天，大概也是怕让女佣嗅到夫妇间的秘密吧？

尽管如此，菊治眼中看到的，仍多为雪子明快得几乎是光彩熠熠的一面，却没能想到那是她在刻意体恤菊治。

"那信是什么时候发出的——让你父亲别过来？"
菊治试着问道。

"嗯……是元旦过了七天吧？我们元月中一起去了老家嘛。"

"是三号去的。"

"在那之后的第四五天。元月二号父母亲都忙于待客，所以是妹妹一人来拜年的吧。"

"是的，还捎话让我们第二天去横滨的。"菊治也想起来了，"可是，写信让他们别来，这可不妥，还是请他们下个周日过来好吗？"

"好的。父亲会高兴的，一定会带着妹妹过来。他好像不大好意思一个人过来……我也幸好有个妹妹,也是天赐呀。"

有妹妹在,雪子可能也会轻松一些。她无疑是不愿让父亲看到自己与菊治这场不成婚姻的婚姻中的某些方面。

像是要烧洗澡水,雪子去了小浴室,随即便传来她在试水温的声音。

"您饭前洗澡吗?"

"是的。"

菊治刚泡进热水中,雪子便在玻璃门外叫他。

"茶柜上的支票是怎么回事?"

"啊,那是卖了织部茶碗的钱,要给栗本的。"

"茶碗价钱那么高?"

"不,还包括了家里水罐的钱。"

"水罐卖了多少钱?"

"大概占了一半吧。"

"一半也是一大笔钱了。"

"是呀,派什么用场呢?"

织部茶碗雪子是知道的,昨晚散步时还说到的,但志野水罐的来龙去脉,雪子却一无所知。

雪子站在浴室玻璃门外说:

"别买东西了,您去买股票好吗?"

"股票?"

菊治感到意外。

"那个……"雪子打开玻璃门进来,"父亲给我和妹妹各一笔钱,大概相当于那一半的一半,让我们去增值。那钱存在相识的股票商那里,买了可靠的股票,跌时不卖,等涨时就卖了换别的股票,已一点点地增值了。"

"哦?"

菊治觉得见识了雪子娘家的家风。

"我和妹妹每天都看报纸的股价栏。"

"股票现在还在手上吗?"

"在。交给股票商后也就没过问,自己还没见过,不过……跌了只要不卖,不会有损失的。"

雪子很单纯地说着。

"那么就把那钱也放在你的股票商那里吧。"

菊治笑着看雪子。雪子围着白围裙,穿着红毛线短袜。

"雪子你也进来暖暖身吧。"

雪子目露羞色,美极了。

"我要做饭。"

说着轻盈地转身而去。

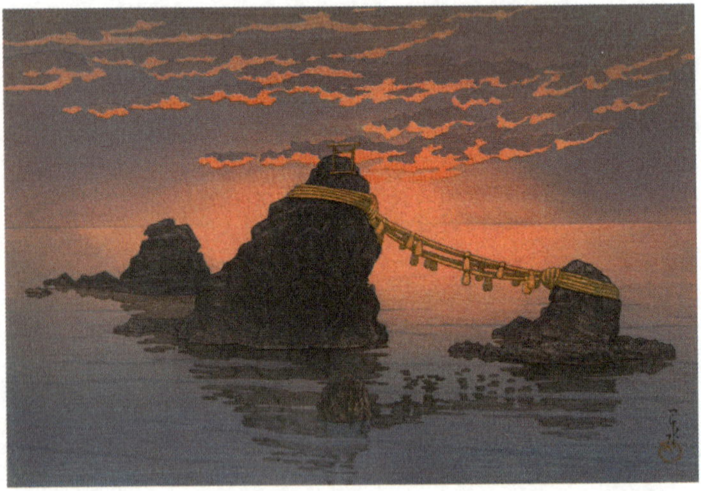

四

本周的周六,已经进入了三月。

父亲和妹妹说明天要来,雪子晚饭后便独自去街上购物,抱着水果乃至鲜花回来,晚上打扫厨房到了很晚,然后坐在镜台前久久地打理头发,一边自言自语道:

"今天想着要不要把头发剪得很短,您以前说过剪了也好的吧?但又想到不能让父亲觉得意外……于是让店里做了个发型,却又不中意,总觉得怪怪的。"

上床后雪子好像还是静不下心来。父亲和妹妹的到来居然让她如此开心,这令菊治似乎稍稍有点嫉妒,又不能不让他觉得是缘于雪子的孤寂。他温柔地将她抱过来,说:

"手挺凉的。"

菊治把她的手放在自己的胸口,一只胳膊揽住她的脖子,另一只手伸进袖口探着她的肩。

"跟我说点什么吧。"

雪子移开了嘴唇,动了动脸。

"痒痒是吧?"菊治说着撩开雪子的头发,将头发拢向她的耳后,"还记得吗,你在伊豆山时也曾叫我跟你说点什么……"

"不记得了。"

菊治却不能忘记,当时在沉沉的暗夜中,他闭着颤抖的眼睑去回想文子,回想太田夫人,内心在拼命挣扎,似乎企图用这种妄念来获得力量，用以面对雪子的纯洁。明天雪子的父亲过来，因此今夜是否应该越过界线了——菊治又试图回想太田夫人那一阵阵女人的浪潮，结果却只是越来越感受到雪子的清纯。

"雪子，还是你说点啥吧。"

"我没啥说的呀。"

"明天见到你父亲，准备说点啥呢……"

"跟父亲说的话，到时候就会有的。他也就是来我们家看看罢了，看到我们过得挺幸福，那就行了。"

见菊治没有动静，雪子便把脸靠在他的胸口，然后也没有动静了。

第二天，雪子的父亲和妹妹十点以后到了，雪子兴冲冲地忙碌起来，和妹妹俩笑个不停。正要提前吃午饭的时候，栗本近子来了。

"有客人呀？我想见一下菊治少爷，可以吗？"

听到她在玄关跟雪子这么说，菊治起身过去。

"您把那织部茶碗卖了吗？您从我这里要回去就是为了卖了它？再说了，还把钱寄给了我，这是怎么回事呀？"近子连珠炮似的说道，"我是想立刻就过来，但想到若非星期天，菊治少爷又不在家，于是心急火燎的，哪怕连夜也要过来……"

说着从手提包里拿出菊治的信："把这还您，钱也原封不动地放在里面，请您点一下……"

"不，钱还是希望你如数收下。"

菊治说。

"我为啥要收这钱？是分手费吗？"

"开什么玩笑？我现在没理由要给你分手费吧？"

"是呀。即便是作分手费，您把那个织部茶碗卖了给我钱，也是莫名其妙的呀。"

"那是你的茶碗，卖了的钱就该给你的。"

"我已经给了您呀。您既然想要，我觉得对于结婚来说也是一个好的纪念。虽然对于我来说是您父亲留下的存念，可是……"

"你就不能把它当作卖给了我，然后把钱收下吗？"

"我不能这样想。我再怎么落魄，当真能把您父亲送我的东西卖给您？上次我就这样拒绝过您吧。再说，您不是卖给了旧货店吗？如果那钱非收下不可，我就去旧货店把它再买回来。"

菊治想，不该照实写信告诉她这是把东西卖给旧货店得到的钱。

"啊，请进来吧……是我爸爸和妹妹从横滨过来了，所以没关系的。"

雪子温和地说。

"您父亲？啊呀，真的吗？能在这里见到他，真是太好了。"

近子只顾点头，像是突然泄了气。

《千羽鹤》及其续篇
——代译后记

《千羽鹤》最初以连载形式发表于刊物。首篇《千羽鹤》1949年5月1日发表于《读物时事别册》第3期，之后各篇发表的刊物分别是：《林中夕阳》1949年8月20日发表于《别册文艺春秋》第12期，《志野彩陶》1950年3月发表于《小说公园》创刊号，《母亲的口红》1950年发表于《小说公园》11月号和12月号，《双星》1951年10月30日发表于《别册文艺春秋》第24期。应出版社的要求，以上五篇1952年以"千羽鹤"为题名，与另一小说《山之音》的已完成部分合辑为一单行本出版，以此为标志，《千羽鹤》应可视为一部已完成的作品，但作者续写此作的心结似乎始终缠绕着他。

1952年，川端在续写《山之音》的同时，积极开始了续写《千羽鹤》的工作。是年10月，他在画家高田力藏的陪同下，去九州地区的大分县做了一次旅行。高田是大分县人，1929年起就与川端在东京相识，后又曾为川端作品创作插图，两人算得上气味相投的老友。在这次旅行中，川端上了九重高原，酷爱温泉的他对遍布大分县的各类温泉更是情有独钟。次年4月，《千羽鹤》的续篇以"波千鸟"为题开始在《小说新潮》杂志连载，其中文子书信里记录的旅程与川端的这次旅程完全契合，不知是川端在写《千羽鹤》之初就已将文子的祖籍设定在大分县，然后为了完成续篇而作此旅行，还是此次旅行的难忘感受促使作者把大分县的风土人情写进了这个续篇之中。1953年6月，川端再次来到大分县取材旅行，此时，《千羽鹤》续篇中文子的书信部分也已连载过半，作者再次涉足这片高原取材，也许是有着在续篇中更多地着墨于文子这个人物的打算。

遗憾的是，《千羽鹤》的续篇连载于1954年下半年突然停止，从作品的情节和结构来看，都给人一种未完结的感觉，尤其是文子的命运以及菊治如何通过救赎文子而救赎自己，都给读者留下了深深的悬念，也让大家不解作者何以半途而止。

这个谜题直到1978年才算有了一个答案，当时作者已去世六年。是年8月28日的《朝日新闻夕刊》首次披露：川端第二次从大分县旅行回东京后，借住在一家旅馆中写作，在一次短暂离开房间的间隙中皮包被偷，里面装有他详尽的取材笔记，他也因此被迫中断了续篇的写作。这件事之所以在二十余年间不为人知，是因为川端不愿给他交往多年的旅馆带来麻烦。

由此我们可见两点，一是作者在创作中对于素材细节的真实性珍视到了何种程度，这种珍视可谓一种作家创作时的"写生精神"，这种精神在许多日本文学名著中都有体现。另外一点就是：在文子的书信部分结束后，现在所见的续篇情节已转向菊治与雪子的新婚生活，但既然作者因（作品设定的文子老家的）旅行笔记失窃而中断续篇的写作，不难设想续篇未完成部分的内容应该是又要回到文子身上的。的确，每一个《千羽鹤》的读者都不能不为文子的命运投入关切，何况续篇中文子在信中似乎还有一处关于自己已有身孕的暗示。

1956年11月，日本新潮社出版的《川端康成选集》中，首次把《波千鸟》作为续篇收入《千羽鹤》，这也成为之后《千羽鹤》各种版本的定例。但是《千羽鹤》的各种中译本中，多数未曾收入《波千鸟》，本书意在提供一个新的比较完整的译本，供读者比较和批评。

译者于 2020 年秋

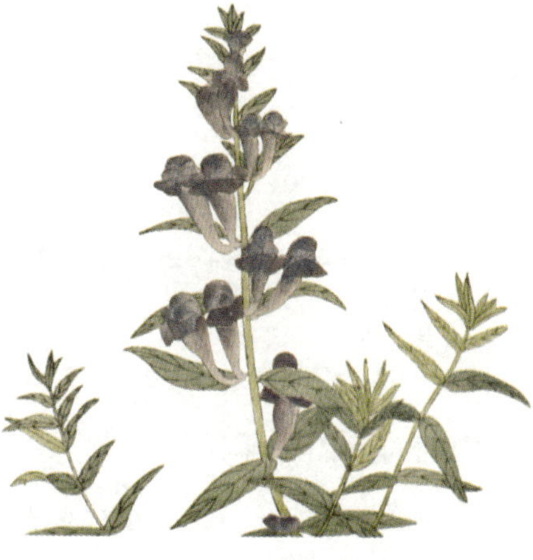

图书在版编目（CIP）数据

千羽鹤：插图版 /（日）川端康成著；竺祖慈译 . -- 成都：四川人民出版社，2023.1（2023.3 重印）
（雪国·舞姬：川端康成经典名作集）
ISBN 978-7-220-12816-5

Ⅰ. ①千… Ⅱ. ①川… ②竺… Ⅲ. ①中篇小说—小说集—日本—现代 Ⅳ. ① I313.45

中国版本图书馆 CIP 数据核字 (2022) 第 177056 号

QIANYUHE
千羽鹤

著　　者	[日] 川端康成
译　　者	竺祖慈
筹划出版	后浪出版咨询（北京）有限责任公司
出版统筹	吴兴元
编辑统筹	尚　飞
特约编辑	梁子嫣　陈怡萍
责任编辑	李京京
装帧制造	墨白空间 · Yichen
出版发行	四川人民出版社（成都三色路 238 号）
网　　址	http://www.scpph.com
E - mail	scrmcbs@sina.com
印　　刷	天津图文方嘉印刷有限公司
成品尺寸	130mm×185mm
印　　张	7.75
字　　数	142 千
版　　次	2023 年 1 月第 1 版
印　　次	2023 年 3 月第 2 次
书　　号	978-7-220-12816-5
定　　价	248.00 元（全五册）

投诉信箱：copyright@hinabook.com　fawu@hinabook.com
未经许可，不得以任何方式复制或者抄袭本书部分或全部内容
本书若有印、装质量问题，请与本公司联系调换，电话 010-64072833